僕は、社会《みんな》の中で生きる。

お家で、学校で、
アスペルガーの僕が
毎日お勉強していること

中田大地

花風社

パパ
ママ
大地
栗林先生
苺
林檎

夢をかなえるために努力をすること。
将来に希望を持つことは
障害者も健常者も変わりがないようです。

僕は、社会《みんな》の中で生きる。――目次

はじめに

僕は三年生になりました。そして「アスペルガー症候群」と診断がつきました。

僕はその日から「障害者の中田大地」になりました。療育手帳が出ました。


でも、鏡の中の僕は何も変わっていませんでした。

僕は何も変わらなかった。革命は起きなかったはずでした。

でも、僕ではなくて、僕を見る周りの人が変わりました。

僕は「可哀そうね」と言われるようになりました。「頑張れない。無理をしなくてもいいんだよ」

まだ八年しか生きていないのに、「大人になっても社会で孤立する。働けない」と言われました。

僕はまだ何もしていないし、大人になるまでにはまだ半分も来ていません。だから、どんなにすごい予言者なんだ〜と、思いました。

それに、怠けちゃいけない。一生懸命に生きることが大事と教えてもらったはずなのに、頑張れないから…無理できないから…努力しなくてもいいって変な話です。

僕は今までは頑張るところは頑張ってきました。だから、急に頑張れないといわれるのは変な気持ちになりました。

そして、「障害者」って、こんな風に何にもできない人に思われているんだと思いました。僕は考えました。そして、そういうことを言うのは僕を知らない人たちだってことに気がつきました。

そういうことを言う人たちは、医者でした。それから障害を持った子どもの親でした。そして自閉症とか障害とか何も知らない人たちでした。

僕の周りにいつもいる大人たちは何も変わりませんでした。「無理だよ」と言った人たちの反対に、挑戦することを話し合いました。

「学校は大地の世界」「大地の考え」「大地の想い」…そういうことをたくさん考えるようなミッションがいっぱいの一年でした。

大事なことは、周囲の人がどう思うのではない。周囲の人が、どうするのか決めるのではない。まずは自分自身に聞きなさいってことでした。

僕には障害がありました。それは変わらない現実です。

でも、僕は周りの大事な人たちに「中田大地であることには変わりはない」と教えてもらいました。

だから、僕が僕らしく生きていくためには、僕がどうなりたいのかを一生懸命に考えてみることにしました。

それから、障害があるというのはどういうことなのかを三年生の一年で考えようと思いました。

僕の三年生の記録です。

社会《みんな》の中で生きるための工夫

僕はアスペルガー症候群です。

僕はみんなとは違う。そう思っていました。どうして違うのかは謎でした。そして、三年生になる前に謎は判明しました。僕はやっぱり「アスペルガー症候群」でした。

障害があること、アスペルガー症候群であることは、困るような現実ではありませんでした。僕に障害があることが不幸だとは思いません。どっちかというと…障害があるのかないのか。僕はどうしてみんなと違うのか悩んでいたときの方が不幸でした。

栗林先生は言いました。アスペルガー症候群であることは、可哀そうではないけど、うれしいことではないです。栗林先生は羨《うらや》ましいとは思わないです。僕も威張ることではないと思います。自慢する話ではないと思います。

アスペルガー症候群という診断はついたけど、今までとくに変わったことがないままで、僕の三年生は始まりました。

栗林先生は診断がついたときに僕に聞きました。

「アスペルガー症候群とはっきりしたら、大地はスッキリしたかい？」

たしかに、謎が判明してスッキリした。それは間違いないです。でも、覚悟のようなものが僕の中に生まれました。人間として必要なことは出来る人になろう。今は友だちと同じことが出来るようになりたい。そんな気持ちでいっぱいになりました。

僕が知り合いになったアスペルガーの大人の人たちの中には、体のリズムが狂ったり、心のバランスが取れなくて辛い思いをしている人もいますけど、毎日、自分と向かい合って、しっかり自分の役目を果たしています。それから、重い自閉症の人達の中にも、毎日元気に働いて、誰かの役に立って、働いたお金を自分のことに使っている人がいます。

僕はちゃんとわかっています。僕は僕の体と仲良く。僕のバランスの悪い脳みそとも仲良くできることが「生きていく術」になるとわかりました。

僕はアスペルガー症候群の中田大地です。診断は革命を起こさなかったけど、診断がついたことで今までと違う気持ちで「生きる」ことを一生懸命に考えて生活し、アスペルガー症候群と共存するために頑張る自分に生まれ変わりました。

診断がついても、革命は起きないと思ったけど、革命は少しずつ起きていました。アスペルガーなのは父や母ではありません。アスペルガーは僕です。僕がアスペルガーとうまく付き合えないといけません。だから、母に泣きごとを言うのはやめました。栗林先生にゴチャゴチャとくだらないメールで泣きごとを言うのも止めました。全部、無駄なことのように思います。

時々は、泣き言も言いますけど…。

三年生の一年間を頑張るために決めたこと

その一「発想の転換」で楽になる

本山先生が言いました。「嫌だ！　ダメだ！　出来ない！　食べられない！　そんなのは超ムリ！　そんなダメダメで考えていたら、本当に楽しいことやおいしく食べられるものにも、気がつくことが出来ないよ」

たしかに、僕は色々考えてしまう所があります。無駄な作業をしちゃったな〜と、思うことが良くあります。少し悩んで母に相談しました。

人間の脳の前頭葉の部分は「思い込み」とか「見た目や雰囲気」で判断して、結論を出してしまう悪い癖があるそうです。母は「良いようにとるのは良いけど、いつも頑張る前から「ダメダメ光線」で大地を嫌な思いにさせるのは困ったことだね…」と言いました。

だったら、前頭葉の「ダメダメ光線」に打ち勝てるように、僕は「いけるいける光線」を前頭葉に送信することに決めました。それを本山先生に言いました。

先生は「発想の転換だね」と、言いました。「出来る所まで頑張ってごらん。でも、無理はしないこと。他の三年生と同じくらいが目安。頭がいっぱいになる前に休むこと。報告。相談は忘れないこと」と、言いました。

この、前頭葉に「良いイメージを送信する」という作業は、毎日の学校を楽しくさせてくれました。今まで出来なかったことや、頑張りきれなかったことをやり遂げる力になってくれました。

たぶん、栗林先生は僕の作戦を知っていたはずです。おそらく、予測できていたんだと思います。時々、「大地はどうしようとしている？　それで出来るの？」と、確認されました。そして、「だいたいは良い判断が出来ているよ」と、言いました。でも、僕の顔がどうしようもないくらいにピリピリモードになったり、作戦がうまくいっても次の時間には疲労でボロボロになったときは黙って休ませてくれました。

その二　「ルールを決める」で楽になる

僕には「ちょうどいい」が良くわかりません。疲れた。眠い。…体が休んだ方がいいとき。トイレに行った方がいいとき。自分では決められないことや、自分では気がつかないことがたくさんありすぎです。

少しさぼれば、ずっとさぼっていても平気な気持ちになります。

頑張り始めるとうれしくなってしまい、なかなかやめることが出来ません。止めても、頭は切り替わらないでずっとずっと…そのことばかりを考えてしまいます。結局、大きな失敗に繋《つな》がります。実りあることが何もないままに一日が終わってしまいます。もう、ほとんど取りつかれたような状態です。

だから、そういうのはルールを決めることにしました。そして、毎日、一つだけ目標を決めることにしました。

自分だけのルールですから、変更してもいいですし、調整してもいいですし、廃止も簡単にできちゃいます。無理しないで自分のペースでやるべきことをしていくには、「ルール」

はずいぶんと僕を助けてくれました。

アスペルガー症候群の僕だから、僕らしく生きていくために「発想の転換」と「ルールを決める」の二つを武器に三年生を頑張ることにしました。

一学期の僕

三年生のおひさま学級はふた組になりました。栗林先生が担任の先生です。始業式の前のオリエンテーションで、ふた組の友だちがみっつのグループに分かれることを聞きました。

四月のおひさま学級はなんだか嫌でした。みんなが落ち着いていません。新しい介助員さんや新しい先生がいます。居心地が悪くて、長くは居られませんでした。それで、最初のころは交流にばかり行きました。一日のほとんどを交流の友だちと過ごしました。栗林先生は、「報告に来ること。わからないことや混乱したことは先生にすぐに教えてね」と言いました。

交流学級は三年一組です。中村先生が僕の担任の先生です。中村先生はラグビーをしていた人です。背が高くて、声も大きくて、迫力満点の先生です。中村先生には保育園に通う子どもがいるので、おそらく年齢は三〇代です。二年生のころは、ものすごいパワーの怖い先生だと思っていました。担任の先生に決まったと聞いたときは怖い気持ちになりました。でも、最初に話をしたときに気持ちはすぐに変わりました。大きな体で僕を抱きしめて、クシャって顔で笑った先生は「仲良くしような！」と言いました。

中村先生は、授業中にはいつも僕と何回も目が合います。「大丈夫か?」「いいか?」と、聞いてきます。それから、「いい反応だ」「大地、いい顔して聞いているな」とかも言います。それから、「大地。わかってもまだ、答えは言うなよ。答えはこれからみんなで考えていくぞ」とか言います。

僕は、僕流のやり方で本山先生と二人で勉強をしていたので、みんなと計算の方法が違ったり、考え方が違ったり、みんなと違う所がありました。それも、全部聞いてくれて、みんなの前で発表させてくれました。それから、「大地は大地の方法でやっていっていいんだよ。間違いじゃない。いいよ！　いいよ！」と、認めてくれました。

楽しくなくて嫌な所だった交流学級は楽しい所になりました。

いじめにあう

交流学級の中で、僕はみんなと同じように当番があって、役割が出来ました。話し合いのときに、発言権が認められました。最初のころは、みんなと同じに出来ている。と、自分で思っていました。

みんなが新しい教室。新しい先生と友だちに慣れたころ、僕は小さな嫌がらせにあいました。そして、からかわれました。このころ、僕はみんなと一緒に勉強できること。みんなと一緒にいられることがうれしいと思っていました。だから、「やっぱり…こうやってまた嫌がらせに会うんだ。また、いじわるされた…」と、ものすごいショックでした。

僕の泣く声を聞いて、中村先生は教室から走ってきました。「何があった？」と、聞いた先生はいつものクシャクシャで笑っている先生ではありませんでした。

今までも、僕はいじめられたり、ズボンに落書きされたり、みんなに囲まれて蹴られたこととか、何回かはいじめられました。でも、僕は一回も友だちの名前を言ったことはありませんでした。

障害のある僕をいじめていいと思っている友だちを悪いと思っていません。障害のある弱い人はやられても仕方がないと思っている大人が悪いと僕は思っています。だから、友だちが怒られるのは少し違う気がしていました。怒られなきゃならないのは、そういうことを子どもに教えた大人です。それでも、このときは僕は友だちに何をされたのかを言ってしまいました。本当に先生が怖いと思うようなパワーとオーラでいっぱいでしたから。

「おれはこういう卑怯なことをするお前を絶対に許さないぞ！　次に大地にこんな嫌がらせをしてみろよ！」と、中村先生はすごい迫力で友だちを叱りました。

この日から今まで、僕はわけのわからないことでいじめられたり、からかわれることはありません。友だち同士で、ふざけあってやることはあるけれど、それは仲間だからあることです。

運動会の目標を立てる

学校に慣れたころ、運動会の練習が始まりました。嫌でたまらない運動会です。僕は栗林先生に聞きました。「運動会の今年の目標は何？」先生は言いました。「大地の目標は自分で立てなさいよ。先生が大地に立てる目標と、大地が自分自身で立てる目標は別物だよ」
僕は考えました。それで、思いました。みんなが楽しい運動会。僕も運動会を友だちと一緒に楽しんでみよう。発想の転換です。

ゴールデンウィークが終わると、僕は毎日とっても忙しかったです。運動会の練習、マラソンの練習、漢字検定の勉強、それから、市内の特別支援学級の合同宿泊研修の準備。毎日、やることがあるのは楽しいことでした。毎日の予定を自分で考えるのは楽しいことでした。やればやった分、明日は違う結果が出ます。それから、今までのように誰かがそばにいないと交流に行けない僕ではなくなったので、僕は少しだけ大人になった感じがしました。

それで時々、栗林先生や介助員のHさんが心配して交流を見に来ると「いいから…一人で大丈夫だから…来なくてもいいよ。しっ！　しっ！」なんて、かっこいいことを言っていました。Hさんは「なに？　大地。私は犬じゃないよ」なんて笑っていました。

運動会は、おひさま学級の全員が交流学級で参加します。だから、おひさまでも練習することがあるので、だんだんと遅れていきます。とくに、ヨサコイは混乱して混乱して訳がわからなくなりました。毎年、同じ曲を踊りますけど、毎年毎年、踊りも違うし動きも変わります。都合の悪いことに体が去年の踊りを覚えています。それを中村先生に話しました。

すると、中村先生は自分が踊っている様子をビデオにしてくれました。僕は家でヨサコイの練習を始めました。僕は運動が苦手ですから、足を上げると手が追い付かないし、声を出す所では動きが止まるので次の踊りが出来なかったりしました。足の動きとかでは、難しすぎて出来ないものもありました。でも、練習を続けました。

上の妹、林檎が一緒に練習をしてくれました。早起きしての練習。学校から帰って来てからも練習。林檎は母より厳しい感じでした。休憩もさせてくれないし、失敗すると何度もやり直しでしたから。でも、運動会の前に、栗林先生とK先生が踊りを見てくれました。そして、百点満点だよと言いました。

運動会はヨサコイだけじゃありません。徒競争もあります。今年は100mに挑戦です。走れるようになった僕ですけど、スタートが訳わからなくなっていました。走り始めたころは手と足が一緒に出てしまうので、走ると頭の中が混乱しました。

しばらくぶりのかけっこは前に転んで頭からゴロンとなりました。そういうのは超悔しいので、運動会までに去年くらいは走れるように戻そうと思いました。僕は、徒競走だけじゃなくてマラソンをするときも、いちいち走ることを思い出さなくちゃいけません。それに徒競走とマラソンも違いますから、学校では本山先生と練習しました。支援センターの作業療法士H先生の所にも行きました。そして、秘密の特訓を受けました。

H先生は言いました。「体の使い方が良くなっている。重心がブレていない。中心線を超えた動きが出来ているから、捻った動きが出来ているよ。手の振りが良くなった。あとは、膝が上がらないと転ぶよ。でも、きれいなフォームになってきた。かっこよくなったね。大丈夫だ！　１００ｍなら走れるよ」と、言いました。実際、練習ではちゃんと走れるようになっていました。徒競争もクリアできそうです。

H先生は家でも出来る練習を教えてくれました。距離が少し長くなったので、転ばないこと。まっすぐ一人でゴールまで走りきることが目標です。

一生懸命やる人を笑う人はいない

出来ることを一生懸命に頑張れば、誰も僕を笑う人はいませんでした。今年は、僕の横で解説をしてくれる人はいませんでしたけど、みんなに遅れずに一緒にすることが出来ました。

少し困ったのは、グラウンドに立ったときに足元に目印がないことです。去年は本山先生が「ヨサコイのときはこの目印、開会式はこの目印…」立つ場所の目印を教えてくれました。今年は目印がないのが困りました。栗林先生に「目印は?」と聞きました。「目印は自分でみつけなさいよ」と言いました。超訳わからないと思いました。困っていたら本山先生に「どうした?」って聞かれたので、僕は栗林先生に言われたことを話しました。

本山先生は言いました。「大地の足元には何があるの? 前には誰が立っているの? 周りには何が見えるの? そこから目印は見つからないの? いつまでも、大地の足元に目印を付けてくれる人はいないよ」

そういうことか…。わかれば自分で出来ることを考えればいいだけです。でも、栗林先生は自分で気がついて欲しかったのかな。どうしたらいいかわからないって言って欲しかったのかな? それは、謎です。

運動会の前はちゃんと学校に通えました。途中で疲れて一回だけ、朝から体が動きませんでしたけど。練習には遅れずに行きました。僕は休むわけにはいかないのでした。それは、団体競技は僕の掛け声から始まるからです。大きな声が出せなくて、栗林先生と何回も練習しました。「三年生！　行くぞ！」と、僕が掛け声をかけて、みんなが「おー！」と言って、持ち場まで走っていきます。と、言われました。130人の仲間に声だけじゃなくて、気合も伝わるような声でお願いします。学校でも家でも頑張って大きい声の練習をしました。中村先生は「大地がいないと運動会は始まらないぞ。大地に任せたぞ。頼むぞ！」と言いました。

運動会のころ、栗林先生は足の指を骨折していました。本当に歩くのが大変そうでした。小さい体の栗林先生が小さく見えました。おそらく、運動会の練習は辛かったんだと思います。先生は顔の色が悪くて、背中が丸くなっていきました。栗林先生に甘えるわけにはいきません。

中村先生は、運動会の係の先生だったようです。忙しく走り回っていました。でも、ハイタッチをしたり、ムギュしたり、ガッツポーズとかで僕を励まし続けてくれました。運動会は無事に終わりました。

友だちとの応援合戦は楽しかったです。みんなと少しふざけてみたり、歌ってみたりも楽しかったです。僕は初めて、運動会は面白いと思いました。

漢検に挑戦

運動会の練習で大変だったころ、漢字検定8級の試験がありました。8級は三年生で習う漢字です。漢字を覚えるのは楽勝です。でも、○がもらえる字がなかなか書けません。僕は色んな先生に聞きました。ほとんどが国語の先生です。漢検で○がもらえる字はどんな字なのかってことです。

　僕が○をもらえないのには、たくさんの問題がありました。小さい回答欄に答えを書けない。字の大きさがバラバラで何を書いているのかわからない。解答用紙に答えを書き込むことが大変でした。それから、角、はね、はらい、とめがうまく書けていない。画数の多い字、細かい部分がみんなくっついてしま

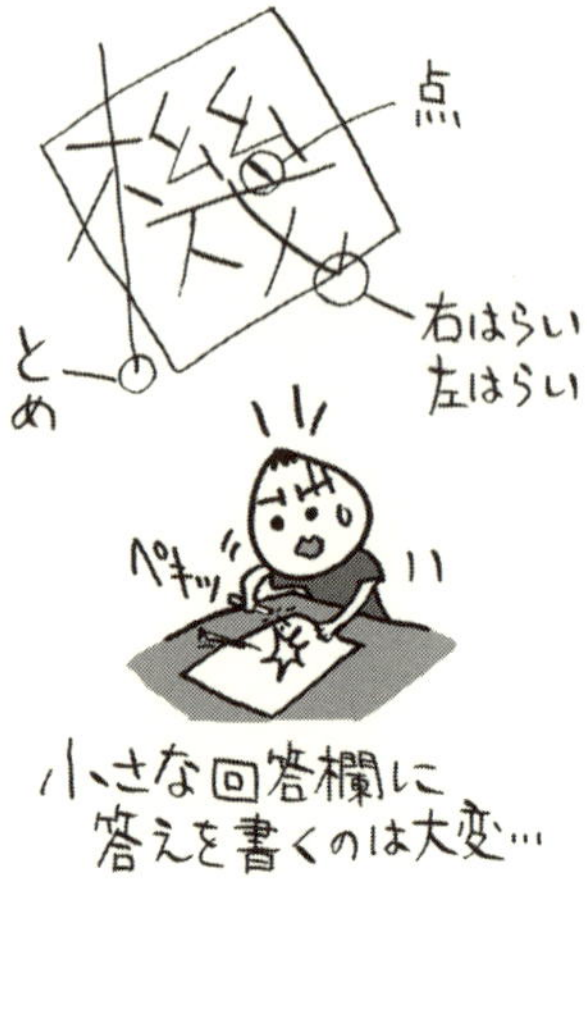

ったり、隙間だらけになる。頭やお尻がはみ出て、違う字になってしまう。真っすぐな線が書けない。右はらい、左はらいが書けない。

点数が取れるための字が書きたい。僕は一生懸命に練習をしました。線結び、迷路から練習をしました。漢字だけではなくて、ハングル語を書いて遊ぶことで運筆を勉強しました。書く勉強ばっかりをしたわけじゃありません。線の上を歩いたり、ボードにピーンと張った糸を指でなぞって敵の陣地に攻め入るゲームをしました。ママの手づくりゲームです。他にも色々なトレーニングをしました。

それから、試験の当日の準備もしました。決められた時間を有効に使う練習です。僕の頭は見直しが苦手です。おそらく、前頭葉が「間違っていない」と、思いこんでいるので、間違いに気がつくことが難しい脳みそなんだと思います。見直しの方法も練習しました。

試験を受けるために、母はイヤマフの許可をもらってくれました。あと、相談して席を後ろの端っこにしてもらいました。受験番号、名前の確認のときにお手伝いを頼んでくれました。とても緊張しました。もう漢検を受けるのはやめようかな…と、思いました。でも、父が言いました。「男なら、自分で決めたことは最後までやり遂げろ！」

出来たか出来なかったかわからないけど、漢検は無事に終了しました。会場はとても大きなところでした。いくつも部屋がありました。一つの部屋では、100人くらいの人が試験を受けていました。終わってすぐに栗林先生に電話をしました。「おつかれさま！漢検は終了です。今日はゆっくり休んでね。月曜日はまた運動会の練習だよ」と、言いました。たぶん、みんなも緊張していたと思います。でも、漢検ぐらいでこんなにいろいろなことを考えたり、試した人はそんなにはいないと思います。

僕の本を読んで、「大地君はすごい！　頭がいいのね」という人がいますけど、全然そんなんではありません。大好きな漢字でも、みんながしない努力をしないといけません。そんな努力をしている僕を「虐待されている」という人がいます。でも、それは違います。好きなことに一生懸命になれる自分は幸せだと思います。だって、そうでしょう？　スポーツ選手は大好きだから、怪我をしても、痛い思いをしても、頑張って練習しています。努力をすること、頑張ることは幸せなことです。

僕がどうして漢検を受けるのか？　漢字が好きだから、得意なところをもっと得意にする。きれいな字が書けるようになる。将来、検定の級が就職とかに役に立つから。色んなことを言う人がいましたけど、全部不正解です。目的は検定に合格することではないし、きれいな字が書けることではありません。初めての会場で知らない人と試験を受けるのが目的です。こういうことが将来、役に立つときが来るそうです。僕にとっては苦手なことですから、だったら好きなことで挑戦してみようってことで漢字検定です。

僕は時々その目的を忘れてしまいます。だから忘れないようにメモをしておいています。時々読んでみると安心します。それから、合格じゃないとダメなんだって思わなくていいので楽な気持ちになります。

宿泊研修の目的

六月は本当に忙しかったので、マラソンの参加は中止しました。それでも、母と時間が合うときは軽く走ったり、妹たちがいるときはウォーキングをたくさんしました。そして、合同宿泊研修に行きました。やっぱり行きたくなかったです。でも、泣いても行かなくちゃいけません。行きたくないと言っても、誰も行かなくていいよとは言ってはくれませんから。「行かない…」と、泣くのはやめました。

明日から宿泊研修に行くという日、中村先生はクラスのみんなに言いました。

「明日から、大地は三年一組には来ません。おひさま学級で宿泊研修に行きます。先生は大地が来ないのはさみしいです。でも、おひさま学級でしっかり勉強して来て下さい。楽しい思い出を作ってきてください。大地が元気に帰ってくるのを三年一組のみんなと一緒に待っています」

帰りの会が終わって廊下に出たら、友だちがわーって僕の所に来ました。みんなが言いました。「気をつけていってこいよ」「帰ってくるのを待っているね」「思い出をたくさん作ってこいよ」僕は超照れましたけど、「頑張ってくるね」と言いました。

宿泊研修は三年一組のみんなの応援を忘れるくらいに楽しかったです。同じくらいの年の友だちが出来ました。中学生のお友だちも出来ました。外でお弁当を食べたり、パークゴルフの途中で雨が降ったりしたけど、パニックになったりはしませんでした。担当の先生はよその学校の先生だったけど、そんなには困ったりはしませんでした。１００％のパワーで遊びまくりました。

宿泊研修が終わって学校に着いたとき、栗林先生が言いました。「大地君が漢検8級に合格しました！」校長先生や教頭先生もいて、おひさまの友だちやお母さんたちに「おめでとう！」って、言ってもらいました。

ネットのお友だちから、「合格おめでとう！」コメントをたくさんもらいました。不思議なくらいに、みんなが喜んでいたのでびっくりしました。

僕はそんなにはうれしくはなかったです。たまたま体調が良かったから、○をもらえる字が書けただけです。天気が悪かったり、体が動かない日だったら合格は出来なかったと思います。たまたま、本当にたまたま調子が良かっただけです。僕の課題は、調子が悪い日。天気が悪い日。気分が乗らない日でも、１００％に近い実力を出せるようにコントロールできる自分になれることです。

それから、漢検の合格証書は三年一組で中村先生がくれました。こういう風に「おめでとう！」とか、「すごいね！」とか、「頑張ったね」と言われたりほめられたことがなかったのでうれしい気持ちと超恥ずかしい気持ちでいっぱいでした。

一学期の行事が終わるころに気付いたのは、こんなにいろいろなことがあっても、終わった後に寝たきりになって動けなくなることはなかったことです。いつもと違う生活でも、一回寝て、朝が来たらもう僕は復活していました。遅刻もしなくなったし、自立登校できるようになっていました。周りの音や、風景や、天気に、僕の脳が支配されることはなくなりました。

エビオスやウコンが効いているのか、体づくりが効いているのか、僕が発達したのか、それとも成長したのかわかりません。でも、疲れや嫌なことがいつまでも僕に取りついて僕を苦しめることもなくなりました。

毎日、学校に行くのが僕の仕事です。そして、小学生ならそれが当たり前のことです。僕はみんなと同じように、当たり前に毎日毎日、学校に通えるようになりました。

たくさんの行事が終わって落ち着いたころ、なんとなくだった学校の様子が少しわかるようになってきました。結構、みんなと同じことが出来ているようで、僕はそんなには出来ていないような感じです。みんなと同じことは出来ていなくても、そんなには目立たないことと、「大地だから…」と、許されてしまっていることがある感じです。それから、友だちも、「出来る人」と「出来ていない人」には、差がある感じです。「これって、ヤバイよね」って、話を終業式が終わったあとで、栗林先生とママとしました。

「そこまでわかっているのに、ヘラヘラ笑って言える大地が信じられないよ」と、栗林先生に言われちゃいました。

「去年はなんでもかんでも本山先生と決めて、ひとつひとつ準備を一緒にやって自分のことが出来るようになったよね。交流で頑張ったのはわかる。その分、自分のことは出来ていないことが多すぎる。栗林先生は本山先生のようなことはしません。大地が手伝ってもらわないと自分のことが出来ないなら、二学期は本山先生の所に帰りなさい。栗林先生とお母さんの意見にブレはありません。二学期は大地はどうやって生活しなくちゃいけないのか。夏休みにしっかり考えてください」


三年生の一学期を交流学級でも頑張れたことはほめてくれました。他人ではなくて、去年の自分と今年の自分を比べて、出来るようなったことをみつけられるのはいいことだと言いました。一番大切なことは、自分の心と体を理解して生活しようとすることだとも言いました。二学期の大地には、もっと高度なことを考えながら生活してもらうよと、栗林先生は言いました。後ろにいた本山先生は笑っていました。

夏休みの僕

暑さ対策

誰かが言っていたけど…「涼しい北海道に住む自閉症の子は発達する」本州の自閉症の友だちのお母さんはそういう研究結果を出したらしい。僕は北海道で生まれました。北海道で育って、北海道以外の夏は知りません。

北海道の夏も十分に暑くて、調子が狂います。本州と比べると、気温が低いし、夏も短いです。普通の家にエアコンのある家は見たことがありません。家にエアコンがあるのはこうちゃんの家ぐらいです。こうちゃんも自閉症だから、夏は体の調子を崩すそうです。だから、エアコンがあるそうです。

氷点下になる冬があって、30度少しの夏でも僕にとってはホットプレートの上の生活です。沖縄から引っ越ししてきたおひさま学級の人がいます。北海道は沖縄の夏と比べたらいいのかを聞いてみましたけど、やっぱり暑いそうです。それから調子が狂うそうです。

三年生の夏、北海道はとても暑かったです。僕にとっては、暑いというより苦しかったです。辛いを通り越すと、頭が白くなりました。息が出来なくなるような感じの日もありました。扇風機や冷風機、アイスノンやアイスパックで冷やした所で効果はありませんでした。何回も熱射病で倒れました。鼻血が止まらなくなりました。点滴もしました。

そんな話をしたら浅見さんは教えてくれました。「暑さを乗り越えるために冷やすのも大事だけど、体温調節がうまくできるようにならないとね」

「あぁ、発想の転換だ！」と思いました。それで、浅見さんは色々と調べて、博士たちに聞いてくれました。それから、それを自分でも試してくれました。どんな方法かは秘密です。でも、どうしてこういうことがいいのかを母に教えてもらいました。体温を調節するには、自律神経という所が関係しているそうです。ここがうまく働いていないと、汗をうまくかけないし、体温の調節が下手くそになるそうです。

自分のことが自分でできるようになるための工夫

夏休みはとっても暑くて苦しかったけど、僕には夏休みだからこそ楽しみたいことがあります。夏休みだからしておきたいことがあります。夏休みのうちに頑張りたいことがあります。

いつものように宿題ははじめの二日間で終わらせました。そうしたら僕は自分の勉強に入ります。自由工作は木工細工にしました。市販の材料を少し設計を変えて本棚を作りました。

自由研究はクラーク博士のことを調べました。本やネットで調べましたが、今回は開拓記念館や開拓の村に何回も通って取材をしました。島松駅という所にも取材に行きました。たくさんの人から色々教えてもらい、超楽しく勉強が出来ました。思い切りいっぱい遊んで、やりたい勉強をしてまた遊びました。

でも、考えなくちゃいけないことがありました。それは、終業式に栗林先生に言われた

「自分のことが自分で出来るためにはどうしたらいいのか」

これが出来ない最大の原因はすぐに忘れてしまう所です。しつこく頭の隅にいつも取りついて離れないこともあるのに、誰にでも普通の当たり前のこと。そういうことは、他の物が見えたり、変わった音が聞こえたり、好きなことや嫌いなことが頭をよぎるとすぐに忘れてしまうのが僕です。いろいろと考えて、何から解決しようかな…と、思いました。

それで考えついたのが「忘れないための工夫」と「忘れてもいいように準備しておく工夫」です。

頭の隅に残ってくれれば、いつでも思い出したいときに思い出します。でも、どうしてもいい方法が見つかりませんでした。話をしながら、メモをするのは僕には出来ませんでした。聞いた話をメモに残すためには、家に帰って来てからゆっくり考える時間が必要です。iPhone のボイスメモは、もう一回家で聞かなくちゃいけません。頭に言葉が入ってくるのに、うまく回転するのに時間がかかるので面倒でした。

そこで見て確認できるものは、iPhone の写真に撮ることにしました。それから、kids アラームやたすくスケジュール、droplet とかのアプリもうまく利用することにしました。

でも、僕にはアラームでお知らせはあまり向いていないようです。夢中になると、アラームは僕の耳には聞こえません。見たいときに確認するには、こういうアプリは大活躍でした。でも、確かめることを忘れたらお終いです。それに学校ではうまく使えていませんから良い作戦が決まらないままでした。

本から学ぶ

三年生になってから、僕は読む本を少し変えました。今までは物語系でしたけど、今と違う時代を生きた人の本を読んでみました。アンネ・フランク、野口英世、アインシュタイン、エジソン、キュリー夫人とか色々です。自分の好きなことを仕事にして、自分の役割を果たしていく人の人生は超かっこいいです。面白いと思ったのは、どの人も少し変わっているところです。

新しい先生たちから学ぶ

本当にどこかで先生だったりの人もいますが、そうじゃない人たちもたくさんのことを教えてくれます。そういう友だちはたくさんいます。みんなは紹介できないのでほんの少しだけ紹介します。

就労支援で働くおおたきさん

おおたきさんは会社には行きません。「就労継続支援施設の職員だよ」と言いました。障害を持った人がここに来るそうです。そして、色んな場所で働けるようになるために準備をするそうです。ここに通ってくる人たちをおおたきさんは「利用者さん」と言います。

おおたきさんは利用者さんが作ったパン、織物、商品になるように仕上げした靴下を販売したり、お客様に届けに行きます。それから、新しい利用者さんの面接をします。おおたきさんはとっても忙しい人です。毎日、自転車で通勤するそうです。北海道に雪が降ってきたころもTシャツで汗をかいて働く立派な人です。

おおたきさんは「働くことは楽しい」「働く大人には特権がある」ことを教えてくれました。

利用者さんが作るパンをお客さんは喜んで買ってくれるそうです。そして、おおたきさんが配達に来るのを楽しみに待っていてくれるお客さんがいるそうです。今、焼きあがったばかりのパンをおそらくお昼に間に合うようにだと思います。配達に行きます。

利用者さんも職員さんも給料日は同じ日なんだそうです。みんなが給料日を楽しみにしているそうです。利用者さんが心をこめて作ったパンや靴下がたくさん売れると、利用者さんのお給料は値上がりするそうです。頑張ったらたくさん売れた！　って、利用者さんは喜ぶそうです。

おおたきさんの働く施設は、僕が知り合ってから毎月毎月…売上げの記録を更新しています。だから、利用者さんのお給料は毎月少しずつ増えているそうです。施設のお給料なのでたくさんではないけれど、ちゃんと社会のために働くとお給料がもらえるのはうれしいことです。それに当たり前のことです。貰ったお給料は利用者さんのお金なので、皆さんはそれを自由に使うそうです。

一週間一生懸命に働いた利用者さんは週末は家族と過ごしたり、自分の好きなことを楽しむそうです。そして、月曜日からまた毎日元気に働くそうです。超カッコいいと思います。

施設は学校と同じで宿泊があるそうです。大人は旅行に行くそうです。学校ではないので、利用者さんは自分の働いたお金で旅行します。ですから、利用者さんにはたくさんの選択肢があります。行かないという選択もあります。それから行くところを自分で選択します。一緒に行く友だちを選択します。

働く大人がすごいのは、お正月休みの間も「仕事がしたかった」「働きたい」と考えているところです。施設でパンを作る利用者さんはパン作りのプロなんだな～と思いました。

浅見さんが言っていた「大人になるというのは人の役に立つこと」

先生たちが言う「自分の役割を果たすこと」

それは、こういうことなんだと思いました。

これが、おおたきさんに教えてもらったことです。

こうちゃんのお母さん

こうちゃんは僕と同じクラスの友だちです。こうちゃんは五年生です。それから、自閉症です。あまりお話はしません。得意じゃないみたいです。でも、優しいお兄ちゃんです。廊下に座っていると心配して隣に座ってくれます。悲しくて泣いているとこうちゃんも一緒に隣で泣きます。こうちゃんは大事な親友です。

こうちゃんのお母さんはこうちゃんの修行のことで学校に来ます。作戦会議のためにも学校に来ます。こうちゃんはもうすぐ六年生で、その次は中学生なのでそろそろ小学生の仕上げに入ったそうです。おそらく、こうちゃんのお母さんはこうちゃんのことで色んなことを考えていると思います。でも、僕にも親切にしてくれます。

学校に来ると必ず僕に声をかけてくれます。まず最初はご挨拶です。それから、「シャツが変だよ」とか身なりが出来ていないことを教えてくれます。それから、「学校はどう？今日の調子はどう？」って、聞いてきてくれます。

デイサービスが嫌だな〜、行きたくないな〜と、思っているときには「こうちゃんも行っているよ。寝っ転がって休んでもいいし、遊んでもいいし、大地が好きな勉強をしてもいいいんだよ」と教えてくれました。

僕は電話が苦手です。顔がないので何をどう話をしていいのかわかりません。必要なことは台本がないと話せません。「こうちゃんや翔ちゃんと遊びたいときは電話をちょうだい。大地が自分で電話をするんだよ。電話の練習をおばさんとしよう」と言ってくれました。

家に遊びに行ったときは「飲み物が欲しいなら自分で言いなさい。困ったときも自分で言いなさい」と言いました。僕は家族以外の人に「欲しいです。困ったな」って、言えないので少しびっくりしました。「大地は言えるようにならないと駄目なんだよ。ママが居なくてもおばさんに言えればいいな。うまく言えるようになれば、友だちと遊ぶのも疲れなくなるかもしれないよ」と言いました。

みんなが「ジュースだ！」と喜んでいるとき、こうちゃんのお母さんは聞いてきます。「大地は飲み物を飲みますか？」それから、僕が返事が出来るまで待っていてくれます。そして、僕が「飲みたいです」って言えたら、「何を飲みますか？」って聞いてくれます。何を飲むのかを決めるのも時間がかかりますけど、決められるまで待っていてくれます。あんまり決められないときはジュースを目の前に並べてくれます。でも、「みんなと同じでいい」という返事だと「自分で何が飲みたいのかを決めなさい。待っています」って、言われます。めんどうくさくなって適当に返事をしても見破られます。

家では出来ても、出掛けたり、家族以外の人たちだと出来ないことを「練習しようね。おばさんがおつきあいします」って言ってくれています。苦手だからできなくてもいいよではなくて、出来るまで何回でも練習の付き合いをするよって言ってくれる人はいませんでした。僕は感謝しようと思います。

藤家のお姉ちゃん

お姉ちゃんとはいつもメールとかでお話します。お姉ちゃんの小さいときは僕よりも苦手なことが多くて、嫌いなことが多かったそうです。でも、僕とお姉ちゃんには似た所がたくさんあります。人が集まる所は匂いが色々で辛いこと。ちょっとしたきっかけがフリーズしちゃうところとか…本当にいろいろ同じ所があります。ですから、そういう苦手ともうまくやっていく方法を教えてくれます。

でも、僕がいつもうれしいな～と思うのは、お姉ちゃんが色んなことに挑戦しているところです。そして、普通の人にとっては当たり前のことをどんどんお姉ちゃんにとっても当たり前のことにしていっているところです。

人間には、頑張ってもなかなか思い通りにはならないことがあります。頑張っても絶対に無理なこともあります。そんなときはどうしたらいいのかが、お姉ちゃんの話を聞いているとわかってきます。

そして、家や自分のことで何かが起きてても、いつもと変わりなく仕事をすることは働くうえで大事なことのようです。本当は出来るのに、周りや自分が気がつかなくて諦めてしまうことは残念です。そういうことが多いから、そういうことが難しいから、助けてくれる人をみつけておくことは重要なようです。

よその親たちが、「障害者理解」とか「障害者支援」とは何か？　と、よく色々言いますけど。それは「出来ないことは諦めなさい」とか「無理しちゃいけない」とかではない気がします。だって、僕たちは「出来るか、出来ないか」自分ではよくわかりません。「疲れているのか、元気なのか」それすら、よくわからないです。

でも、普段出来ることを毎日、決まった分、決まった時間ですることが出来ます。それから、そうすることが大事なことだよと教えてくれる人が必要です。

昨日は１００。でも、今日は無理しないように20。これでは、訳がわかりません。だったら、始めから毎日60と決めて欲しいです。それと、「無理だからしなくていいよ」じゃなくて、「だったら出来る方法を教えてください」ということです。それを、障害がある自分たちが言わなくちゃいけないようです。お姉ちゃんはそういうことを頑張っています。

仕事に来てもお話ばかりする人、頑張っている人を「可哀そう」という人がいるそうです。そういう人たちを気にしないようして、役割を果たすことは大変です。

今、お姉ちゃんは就活中です。テレビを見ていると、就活のことが良く出てきます。世の中が不景気なので、大きな企業へ就職するのは難しいそうです。でも、小さい会社は人が足りなくて困っているところがまだまだあるそうです。仕事は大事なことなので焦らない方がいいと、誰かがお姉ちゃんに言っていました。僕は子どもなので余計なことは言わない方がいいです。それは、おせっかいですから。でも、お姉ちゃんにはもうすぐいい仕事が見つかると思います。僕は一生懸命にお祈りします。

今年、お姉ちゃんの声を初めて電話で聞きました。僕は電話が苦手なので本当に言いたいことが言えませんでした。本当は「頑張っているお姉ちゃんを神様だけじゃなくて、みんなが見ていて、みんなが応援しているよ」って言いたかったです。

お姉ちゃんは日本の南の方で、僕は日本の一番北のほうですから、飛行機や電車が苦手な僕はなかなか会うことが出来ないです。会えない間に、お姉ちゃんと会ったときにしたいねって約束したことが増えてきました。でも、それは二人だけの秘密です。

僕はお姉ちゃんに言われてうれしかったことがあります。お姉ちゃんは学校があまり楽しい所じゃなかったそうです。たぶん、お姉ちゃんの辛いことを知ってくれる人がいなかったからだと思います。僕の本を読んだお姉ちゃんは、「楽しい学校」が見えているみたいです。

お姉ちゃんみたいに、大人になってから自閉症がわかったけど、子どものころは嫌な思いをした人がたくさんいるかもしれません。僕の本を読んで、もう一回学校に行った気分になったりしてくれるとうれしいです。学校や友だちや先生はみんなすごくいいです。

生まれてきた子どもに「学校は楽しいよ」「先生は色んなことを教えてくれるよ」「友だちや仲間はいいよ〜」って、話してくれるようになればもっといいです。

二学期の僕

「二学期は一年で一番長いです」と、先生は毎年言います。そんなのは当たり前なので、いつも面白いと思います。でも、長いことを意識しないと疲れちゃうよと言いたいのかもしれません。

二学期に入っても、北海道はとても暑い日が続きました。学校でも家でも、アイスパックで冷やしながら生活しました。今までなら、そんなことをしてまでは学校には行きたくありませんでした。でも、そうしてでも学校に行きたいと思うようになりました。それから、暑くても、行事が続いても…僕が学校に行きたいと思うなら、学校で過ごせるように家族や先生や友だちが協力してくれるのがわかるようになりました。

でも、長い二学期はなんだかよくわからないうちに、パーっと過ぎていきました。こういう過ごし方が一番嫌いです。そういうときは、出来ていないことがたくさんあります。

出来ていなくても、交流にいると叱られません。おひさまでは、机の上が片付いていない。靴をちゃんと履いていない。鉛筆を削っていない。立っているときの姿勢が悪い。手を拭いた後でも、ちゃんと拭けていないから手が濡れている。本当に細かいことをうるさく注意されます。交流では誰もそんなことは気にしません。

そういうのが楽に思ったときもあったけど、だんだん嫌になってきました。そんなことばかり考えていると、交流に行った方がいいのか、おひさまに残った方がいいのかわからなくなります。それでも、一日は終わっていきます。そして、次から次へと行事がありました。

支援級にいる意味。交流級で過ごす意味。

夏休みの自由工作の本棚は、「創意工夫展」に出品されました。交流から選ばれたので、超ビックリしました。交流で選ばれるとは思っていませんでした。母はもっと驚いていました。絵とか工作とか、僕は得意じゃないからです。

それから、マラソン大会に出ました。３キロを完走しました。３キロ完走できたことより、走っても足の裏が痛くなくなったことがうれしいことでした。膝や腰がバラバラになることがなくなりました。毎日は無理だったけど、家でもマラソンの練習を続けることが出来たのもうれしいことでした。出来なかったスキップやギャロップが出来るようになったし、クロスステップやサイドステップも出来るようになりました。母や本山先生はなかなか信じてくれなくて笑っていたけど、交流の体育で跳び箱が跳べました。キャッチボールが出来るようになったので、ポートボールでパスをもらってパスをすることが出来ました。

でも、一つ出来ると…一つダメになってしまう僕は残念です。交流の友だちと一緒に出来るようになった分、去年、本山先生と「自分のことが出来る」をだいぶ練習したのに、出来ないのがとても嫌でした。出来なくても注意されないのが嫌でした。ズルイ僕は注意されない交流が楽に思うときが嫌でした。

いやだな〜と、思うから僕は少し様子が変だったかもしれません。考えると自分が何をしたらいいかわからなくなりました。それでも、交流でみんなと一緒にいたいと思うし、赤ちゃんみたいな自分は嫌です。

必ずおひさま学級で勉強しないといけないことはおひさまに残らないといけないというのはわかります。でも、レク、お誕生会は楽しい授業です。

「大地がなんでそこに参加するのか、何を勉強するのかがわからないなら参加する必要はない」と、母は言いました。

僕は言いました。「ゲームしたり、おいしいものが食べられるから出ます」

でも、母は逆襲してきました。「お友だちは、あなたがおいしいものを食べている時間も勉強しています。レクはあなたにおいしいものをごちそうする時間ではありません。それがわからないなら欠席してください。その時間は交流でいつものように勉強してくださ い」

そんなことは考えたことがありませんでした。でも、たしかにその通りだと思いました。僕はおひさま学級に遊びに行っているわけではありませんでした。せっかく今まで交流でみんなと勉強したいという夢が叶ったのに、何を僕は考えてるんだろうと思いました。どうして参加するのかを栗林先生に確認しなさいと母は言いました。でも、なかなか聞けませんでした。

おひさま学級の親子レクのときは、「大地は親子レクに参加するの？」と、ママは聞きました。

「何も言われていないので参加するかもしれないし…しないかもしれないし…」と、僕は答えました。母は言いました。

「それではママは学校に行かないとならないのか、行く必要がないのかがわかりません。ママはレクに参加するの？　しないの？」

僕は言いました。「だったら、ママが栗林先生に聞いたらいいよ。ママのことなんだから」そしたら、ママはまた逆襲してきました。

「大地が小学生で、学校に通っているからママは学校に行く用事が出来ます。ママが学校に行くのは大地のことで行きます。ママがレクに参加するのかどうかは大地の問題です」と、やられちゃいました。

いまさら聞いたら栗林先生はびっくりするかもしれませんし、母からこんなことを言われたなんて、うまく言えませんでした。それで、ずっと言えませんでした。やっと前の日に聞いたときは、栗林先生は言いました。

「やっと聞いてきたのか…学級レクはお母さんと一緒に参加します。親子で交流する時間です。だから、大地はお母さんと一緒に参加しないといけません。参観日は大地に必要な授業をおひさま学級ではしません。交流学級の参観日に出ます。わかったかい？」

こういうことが、何回もありました。おそらく、母と栗林先生は打ち合わせ済みだと思います。僕は今までよりも何の目的で参加するのかを考える必要が出てきました。

「自分で決める」練習

普段の生活も難しくなりました。それは、栗林先生が「自由決定」というのを僕にくれたからです。それは、どういうことかというと…

「栗林先生。大地は次の時間はどこで勉強するの？」って聞くと、栗林先生は必ずこう言います。

「大地はどうしたいの？」

僕は、どこで勉強したらいいのかがわかりませんでした。栗林先生が僕にどこで勉強して欲しいのかがわかりませんでした。大体、生徒がどこで何を勉強するのかを決めるのは栗林先生の仕事じゃないか！　栗林先生は最近意地悪だよ。そうじゃなかったら少し怠けてるんじゃないの？　と、文句を言いました。口では言えそうもないので、メールして、ブログにも書きました。栗林先生は言いました。

「大地はどうしたい？　って聞くときは、先生は本当にどっちでもいいと思っています。『自由決定』は自分で決めることです。自分で決めたことはうまくいっても、いかなくても、自分で責任をとります」

それから、ヒントをくれました。

「必要か、必要じゃないか？」で、考えることです。どうしても考えられないときには「先生が決めてください」という選択もあるわけです。

うまくいくかどうかわかりません。でも、必要な時間は交流に行くことにしました。そして、作戦会議で国語と算数は交流で勉強することに決まりました。交流で色んなことをみんなとしようと思うと疲れてしまって、家ではご飯を食べるのもへろへろです。それで、「交流は勉強するところ」に発想の転換をしました。

学芸会に積極的に取り組んでみる

大嫌いな「学芸発表会」。

僕はナレーションに立候補しましたけど、オーディションで落ちました。それで、泥棒学校の泥棒役になりました。嫌なこと、得意じゃないことも挑戦しようと思っています。やってみたら楽しいかもしれないからです。

学芸会の練習は楽しかったです。二年生の初めは、クラスで発表がうまく出来ませんでした。勇気を出して手を挙げても、どうしても出来ない気持ちになるし、言えそうもない感じでした。それでも、だいぶ人の前で何かをすることは慣れてきました。

セリフを覚えるのも、それを言うのも楽しかったです。本当に泥棒学校の生徒になったつもりで頑張りました。

僕の出番は、僕たちのグループに変わってすぐです。中村先生は言いました。「大地のセリフから場面は始まります。それから、最初の位置から走るように出てきてセリフを言わないといけません。ここの場面は大地で決まるぞ。頼むぞ」いつも、中村先生は僕を信じてくれます。「任せたぞ！　頼むぞ！」と言われます。

今まで「大地は出来なかったらいいよ」とか言われていたし、「おひさまの人だから…」と言われていたのに、先生に「頼むぞ！」と言われると、なんだか出来るような気がしました。

練習を見に来た栗林先生は「大地！　すごくいいわ～アンタ、でも、もっとゆっくりセリフを言えたらもっといい。声は一番出ていたよ」と言いました。K先生は「立派でした。大地は頑張ったね」と言いました。本番までの毎日の練習がとっても楽しかったです。


学芸会はおひさま学級でも参加します。今年は歌を歌うほかに、一人一人が頑張ったこと頑張っていることを発表しました。今までの僕の本を読んでいる人は「へ～クラスにはお話が出来ない人もいるんじゃないの？」と驚くかもしれません。

おひさま学級にはお話が出来ない人は…実はいません。僕も最近になってわかりました。僕は口で話をしますけど、人間は口以外でも話が出来ます。口で話が出来ない人は何人かいます。でも、一人一人がお話の仕方が違います。全員が自分の出来る方法で発表しました。お客様は黙ってみんなの発表を聞いて、たくさんの拍手をくれました。

僕はゆさちゃんの発表のお世話をしました。ゆさちゃんの発表用の「あいうえおボード」をセットして、マイクでその音をみんなに聞こえるようにする仕事です。S先生が僕にお願いしてくれました。

大嫌いだった「運動会」。大嫌いな「学芸会」。三回目の今年は楽しいことがわかりました。

フェスティバルで出店する

三年生は中学年です。学校の行事では中学年としての仕事が出来ました。フェスティバルでは出店しました。前日祭では、クラスでやる出店の紹介をしました。クラスから代表が五人出ます。その五人の一人で発表しました。

超緊張したし、超疲れました。今までと少し違う感じのフェスティバルはなんだか訳がわからなくなりました。栗林先生に「なんだか緊張しているし、なんだかどうしたらいいのかわからなくて困っている」と言いました。先生は「何も怖いことはないよ。友だちと一緒に楽しめると思うよ」と言いました。当日、本当に何もありませんでした。とても楽しかったです。でも、やっぱり疲れました。

合同運動会

市内の特別支援学級の合同運動会では騙《だま》されました。リレーでは「二回走ってね」と言われました。みんなと同じように半周を走り終えても、次の人はいなくて結局はグラウンドを一周しました。休む暇なく、次の順番が来てまたまたグラウンドを一周走りました。僕は全速力で二周も走らされました。転ばないで、途中で立ち止まらなかったし、走れた自分にびっくりでした。

でも、最初から教えてくれればいいのに…と、思ったから、栗林先生に「騙されたよ。ずいぶん、多く走らされたよ」と言っちゃいました。栗林先生は「ははは！」と、馬鹿笑いして僕の頭にアイスパックをのせました。先生たちの作戦だったかもしれません。

三歩歩くと忘れる脳みそ

二学期が始まっても、忘れ物をしたり伝言を忘れたり、聞いたことすら覚えていないので、栗林先生は「何とか考えよう！」みたいな顔で見ていました。母は「大地が出来る方法は大地じゃないとわからない」と言いました。三歩歩くと忘れるのも相変わらずで、家では妹に「なにやっているの？」と言われ、学校ではチャイムが鳴っても廊下をさまよっていたりして「交流じゃないの？」と、誰かに言われるまで自分がどこに行くのかを忘れちゃっているときもありました。

出来ないことも自分でわかっていました。それは、書道の時間や絵の具の時間です。支度に時間がかかるし、たいして書く時間もないのにバタバタと後片付けの時間ですから。すごい嫌な時間です。やりたくなくて書道セットをわざと忘れたりもしました。でも、栗林先生やママはそんなのはお見通しでした。誤魔化して逃げたことを栗林先生は怒りました。逃げても必要な勉強はしないといけないことを教えてくれました。中村先生とも相談してくれました。

母には、「やりたいことがあるときは交流、おひさま学級と…大地の都合よく授業を選ぶのはおかしいことです」と言われました。僕の悪いところです。大事なことを忘れちゃうところです。必要なことはやらないと駄目です。いつまでたっても「大地君が出来なくても仕方がないね」と言われちゃいますから。

朝の支度を忘れないために、二年生のときに本山先生とやった表をまた机に貼ってもらいました。僕は本山先生にそんなことを頼んだら、栗林先生は嫌な気持ちになるかもしれないと心配しました。だって栗林先生が担任ですから、他の先生にお願いするのは嫌な気分かもしれません。

でも、母に笑われました。「去年使ってあったものを再利用するだけです。本山先生のPCにデータがあるそうです。それに、栗林先生はそんな小さなことで怒ったりはしません。出来ないことを放っておいても平気な大地より、出来るように努力している大地の方が好きだと思います。表を貼ってもらうことは問題ではありません。表を貼っても出来ないままだったらそれは大変なことです」と言いました。

僕は「ひょえ〜」と思いました。今年はあまり気になることがなかったけど、やっぱり僕の周りの大人はスクラムをガッツリ組んでいるようでした。ちょっとの立ち話で「そうだね」って、決まってしまうくらいにチームワークがいいのかもしれません。それに、時々は中村先生が本山先生の所に来ることがあります。そのときに、いろいろと僕の作戦を練っているかもしれません。

ママを独り占めできなくなった

春に僕は「療育手帳」をもらいました。それには目的がありました。「家族以外の人とも一緒に過ごす」ということです。それは、僕のためでもあって、来年の四月に一年生になる林檎、幼稚園に入る苺、二人が主役の日を作りたいと母は言いました。

ヘルパーさんやデイサービス、それから一時預かりという場所とかを探しました。これは、母から聞いたことです。どこの施設にも福祉のヘルパーさんや保母さんばかりで、児童福祉のプロがいる所はない…という、話でした。それから、どこもいっぱいで順番待ちで、空きがないと言われたそうです。

福祉課のお姉さん、障害者支援センターの人とかにも相談しました。結構、たくさんのデイサービスがありました。でも、そこがどんな場所で、どんな人が集まっていて、どんな先生がいて、どんなことをしているのかを知っている人はどこにもいませんでした。いろいろ探して歩いたけど、気に入った所がみつからなくて、こうちゃんのママが色んなことを教えてくれたそうです。

そして、僕は二学期からデイサービスに行くことになりました。週一回、木曜日がデイサービスの日です。学校に先生が車で迎えに来てくれます。五時までそこで過ごして、車で家まで送ってもらいます。

デイサービスに行くことが決まったとき、僕は母とケンカをしました。

「よそに大地を預けるのか！　もう、ママは大地が嫌だからよそに捨てるのか！」

どんなに母と話をしても僕は納得できませんでした。あんまり腹が立ったので、栗林先生にも言いました。

「大地は本当にママがそう思っていると思うの？　ママが大地のことを嫌いだったり、もう面倒を見れないと思っていたらとっくに大地は捨てられているよ。デイサービスは誰のために行くんだろうね。ママは大地だけのママじゃない」と、栗林先生は言いました。あんまり当たり前の話をする栗林先生は変だな〜と思いました。

一学期の僕は、交流学級で友だちと一緒に過ごす時間が増えました。そうすると、休み時間も友だちと一緒に遊ぶことが増えました。僕はとても疲れました。学校から帰ってくると、自分の部屋じゃないとマッタリ出来ないくらいに疲れました。そのまま夜のご飯も食べないで寝ちゃうこともありました。学校のある日は家で勉強するパワーはありません。遊びに行く元気がなくなったので、友だちが迎えに来てもお断りしていました。

友だちと遊ぶのは嫌じゃないです。とても楽しいです。でも、本当に疲れるんです。理由は僕にはわかりません。交流にいることや友だちと遊ぶと誰かがパワーを吸収していっているかもと思うくらいです。

それでも、僕は交流で勉強したいです。友だちと遊びたいです。学校で楽しく過ごすために、学校から帰って来た後は家でゆっくりマッタリすることに決めました。母に言うと、「大地がそう決めたんだったらママは良いと思うよ」と言いました。

それでも僕には僕にしかできない仕事があります。それは、明日の学校の準備、ハムスターの世話、お風呂の掃除と支度、自分の部屋の掃除、階段の掃除です。これだけは、忘れずにきちんと出来るようにしたいと思いました。僕の役割ですから。母に言われないと出来ないようでは赤ちゃんと同じです。赤ちゃんにならない工夫をしないといけません。

たすくスケジュールで確認することにしました。ついでに時間も決めることにしました。時間の決め方が下手くそで何回も失敗しました。夏休みの間、失敗しながら毎日の過ごし方を決めていきました。母や妹たちは文句を言わないで黙っていてくれました。結構、迷惑をかけたと思います。ご飯の時間が遅れたり、僕一人だけ準備が出来ていなかったりしていましたから。

二学期の放課後は一回も外に遊びに行きませんでした。放課後の時間より、毎日を楽しく学校に行くことを優先しました。そして、週一回はデイサービスを使うことにしました。デイサービスは知っている友だちはいない所にしました。学校の延長じゃない方がいいと栗林先生も言いました。

色んな友だちがいるので、とても嫌な気分になったり疲れることもあります。デイサービスに行く前から頭や心がパンパンだと向こうに行ってもうまくいかない日もありました。体に熱がこもって、スイッチが出来なくなったときには、先生にお願いして、母に迎えに来てもらいました。

そうしたら、後で栗林先生に呼び出されました。「大地がデイサービスに行くのはママのためです。デイサービスの日はそこで過ごさないといけません。家と同じだと考えなさい。隅っこに籠ってもいいし、寝ていてもいいんだよ。病気でもないのに迎えに来てもらってはいけません」どうやら、母が言った「ママは大地だけのママじゃありません」は、そういうことかもしれません。

友だちと遊ばなくなった僕ですが、人と話をしたり、遊ぶことは大事なことだと母は言いました。それと、同じくらいの年の友だちだから僕は疲れるそうです。それで、大学生のボランティアさんを探しました。そして、大学の先生の所に通うことが決まりました。先生の所の大学生と一緒に遊びます。

最初は慣れなくて、僕は泣きました。それから行くたびに大学生の人は変わります。色んなお兄さんやお姉さんと遊びます。みんなは卒業したら特別支援学級の先生になるそうです。それから、小学校にお手伝いに行っているそうです。

忘れ物防止とスケジュール管理

二学期の後半になって、朝の支度の表もですけど、忘れたりうっかりで失敗しない工夫がうまくいくようになってきました。一番に忘れやすいハンカチとティッシュを週末に一週間分そろえることにしました。それを月曜から金曜日までのウォールポケットにセットすることにしました。ついでに、ティッシュには月曜日とか火曜日とか書き込みました。帰ってきたら決まった曜日にしまいます。それから、忘れてはいけないことをメモしてポケットに入れることにしました。

ホワイトボードを見て、時間割を見て、iPhoneでスケジュールを確認して、あっちもこっちも見なくても、ウォールポケットだけで確認出来るようにしました。それから、細かく時間と予定をしっかり決めるのはやめました。時間に振り回されて焦ってしまうからです。冷蔵庫の横に朝からの流れを項目だけ貼ることにしました。何をするのかを忘れたらカードで確認する方法です。

大体の時間は今までやってきたことですけど、きっちりと決めるのは止めました。30秒や1分くらいずれてもあまり困らないからです。終わったらカードをはがします。夜、5時50分までにカードが残っていないようにすればいいだけです。これで、落ち着いて明日の準備が出来ます。勉強の時間や遊びの時間を気にしないで集中できます。ヤバそうなときはタイマーやストップウォッチが便利でした。

やることがわかればあんまり家で困らなくなりました。それに、学校が6時間授業になったので、時間を有効に使わないと勉強の時間も遊ぶ時間も作れません。出来るうちに次々として、カードをはがせばいいので楽チンでした。何もすることがない時間は、お気に入りを紙に書いてみて、残り時間から何が出来るか考えられるようにしました。一回書いてみて、落ち着いて考えれば僕でも自分で時間の過ごし方を決めることが出来ます。やっとザワザワや落ち着かなくなる気持ちに襲われないようになりました。

二冊目の本と新しい友だち

二学期の一〇月、僕の本の第二弾が出ました。「僕たちは発達しているよ」です。書いたのは二年生のときです。少し時間が経っていたので、浅見さんに「出版の準備をするよ」と言われたときは「いつの原稿の話なの?」って思いました。それから、タイトルの話をしました。僕にはお願いがあったので希望を言いました。そして、あのタイトルに決まりました。次にデザイナーさんが表紙の文字を書いて欲しいと言っていることを聞きました。「字は下手くそだから無理!」と、言いました。でも、浅見さんは「デザイナーさんもそんなことは知っているよ。まずは書いてごらん」と言いました。

面白いことに僕の書いたタイトルは採用されちゃいました。画伯（編注：画家の小暮満寿雄氏）が描いたイラストと僕の文字が合体された表紙のデザインはオレンジでした。オレンジは栗林先生の一番に好きな色で、タイトルの横には友だちのこうちゃんがいました。僕はとても気に入りました。それに、画伯は少しだけ背が伸びてお兄ちゃんに描いてくれました。走っている様子を描いてくれたのもうれしい気持ちになりました。

僕の九歳のお誕生日のころ、本は出来上がりました。お客さんにはすいません。今回は、僕が一番に新しい本を印刷所から直接、宅配で届いて受け取りました。そして、読んでくれた人からたくさんのメールや手紙をもらいました。新しい友だちも出来ました。

愛甲先生とお友だち

愛甲先生（編注：臨床心理士の愛甲修子氏）のことは浅見さんから聞いていましたけど、まさかメールが来るとは思いませんでした。ですから、超ビックリしました。もっとびっくりしたのは「ありがとう！」という内容だったからです。藤家のお姉ちゃんもだけど、二冊目の本は「ありがとう！」と言われることが多かったです。理由は「大地君じゃなくて自分が学校にいる気持ちになれた。嫌だった学校が好きに思えた」とか、愛甲先生のように「子どものころに不思議に思ったことや謎がわかってうれしくなった」

「そんなことなのか…腑に落ちたら笑いが止まらなかった」ということです。意味はさっぱりわかりませんが、お役に立てたならうれしい気持ちです。それと、笑えるのは良いことですから。笑うことは幸せを運んできます。

それから、愛甲先生は僕と同じ三年生の友だちの話を教えてくれました。お友だちはみんなは平気でも「うるさい！」と思うことがあって、教室を飛び出して先生に「教室から出ちゃいけない」と叱られるそうです。お友だちはいつも一人でいるそうです。そして、勝手に帰ってしまわないように先生は見張っているそうです。そういう友だちとお父さん、お母さん、先生たちに僕の本を読んでもらおうと思っています。と、書いてありました。

僕は悲しい気持ちになりました。教室を出ていったり、家に帰ってしまうのは先生たちにとっては困った問題なんだろうけど、お友だちにはそうしないといけない問題があるからです。その問題を解決していないのに、先生たちの問題は解決出来ないのにな〜と、思いました。

ずっと前、一年生のときに栗林先生が言ったことがあります。「大地にずっと交流で勉強して欲しいなら、大地がずっとここにいたいと思える授業をしてくれればいいのにね。大地が辛くなるようなことはしなきゃいいのにね。でも、栗林先生がいくら頑張っても今はまだ難しいことなんだよね。大地…ごめんね」ってことです。

お友だちには愛甲先生がいるので、きっと大丈夫だと思います。

全国の先生たちからの手紙

僕の本を読んでくれた先生たちからメールや手紙をもらいます。お金を出して買ってくれた先生たちにお礼を言います。先生たちに紹介してくれた日本のお母さんたちにお礼を言います。

先生たちの手紙には「先生の学校には勝手に教室を出ていく子がいます」「椅子に座っていられない子がいます」「大きな声で叫ぶ子がいます」そして「いくら教えてもできません。他の人に迷惑をかけます」って、書いてあります。そういうお友だちを先生たちは見張っているそうです。犯罪者みたいでかわいそうなことだな〜と、僕は思います。

僕は大声出したり、教室から出ていくことはなかったけど…体育館やグラウンドに行けなかったり、机の下にもぐったり、耳ふさぎをしていました。だから、お友だちの気持ちはよくわかります。

教室から友だちが出て行って困るのは先生です。クラス全員が座っていないと困るのは先生です。お友だちには別な問題があるので、それを解決しないうちは先生の問題は解決しません。

僕は教えてあげます。座っていられないのも、大きな声を出すのも僕たちには理由があるからです。そうしないといけないんです。だから、そうならないようにしてくれると先生たちの問題は解決できます。先生たちは自分たちがいいように考えるからお友だちはどんどん辛くなるんだと思います。僕も「自分はダメなやつだな」と、思っていましたから。お友だちのそばに栗林先生みたいな先生が早く現れたらいいのにな~と、思います。

「君は悪い子じゃない。病気じゃない」って言ってもらえると元気になれると思います。でも、残念ですけど、僕の言うことがわかってくれた先生はあまりいませんでした。「困った子です」と言われていたお友だちも楽しく家や学校で修行できるようになっていればいいな~と、思います。

全国のお母さんたちからの手紙

お母さんたちからもたくさんの手紙をもらいました。「お誕生日おめでとう!」までもらいました。一番に多かったのは、「大地君の二冊目を待っていました」です。それと「一冊目の『ぼく、アスペルガーかもしれない。』を子どもと一緒に、家族みんなで読みました」という手紙でした。「僕も大地君と同じだ」といった友だちも何人かいたそうです。それで、パニックを起こしそうなときやパニックの後に本をお母さんと一緒に読んだりすることで元気になる人もいるそうです。体が思うように動かない日や、栗林先生が教えてくれたスイッチ。本を見ながら毎朝、スイッチを教えて確認しているお友だちもいました。学校で廊下や床に寝転んでいるお友だちにスイッチを押す先生もいました。みんなの役に立っているのはうれしいことです。

でも、一番うれしい気持ちになったのは「大人になったときに誰かの役に立つ人になりたい。働く大人になりたいので修行を頑張っています」の手紙です。みんなも頑張っているんだな~と思うとうれしくなりました。

たくさんの人の話を聞いてわかったこと

「自閉症」とか「アスペルガー」という診断がついている人がたくさんいました。大人も子どももです。大人の人の中には、子どもが自閉症で子どもと病院に行って、自分もそうだということがわかったという人もいます。僕のように知的障害がない人でも、毎日の生活の中に「困難だな〜」という問題を抱えていて、病院で薬をもらったり、支援施設の協力をお願いしている人もいます。みんな「社会の中の一人になりたい」と、毎日毎日、修行しているそうです。スタートが大人になってからの人も結構います。でも、みんな諦めずに「未来に希望を抱いている」と、書いてありました。

もちろん、僕のように子どもの人の話も聞きました。幼稚園や保育園の子もいますし、中学生や高校生で「受験しました」という人や、「就活を始めました」という人もいます。その中には、お話が出来ない「最重度」という診断の人もいます。毎日、学校や作業所に通う話は、僕に「頑張っているのはひとりじゃないよ」って、教えてくれているようでうれしい気持ちになります。

頑張っていても、上手くいかないときがあったり、失敗があったりするようです。それは僕も同じです。それでも、みんな「働く大人になる」と、あきらめずに頑張っています。そして、出来ることが増えるとうれしいお知らせが来るんです。みんなと知り合って三年目です。後退している人は一人もいません。どの人も確実に成長し、発達しています。

支援施設で働いている人たちや浅見さんは、「障害のある人たちも元気に働けるように、たくさんの人が色んな作戦を立てている。会社の社長さんたちが障害があっても、ちゃんと働けることを色んな人に話してくれているよ」と、教えてくれました。それと、小学校や中学校にしかいないと思っていた「特別支援教育」とか「コーディネーター」とかの助けてくれる人たちが、大学や会社にも違う名前でお助けしてくれる人がいることも教えてくれました。色んなことが始まったばかりで、まだまだこれからも変化していくみたいですけど、僕が大人になるころには「働きたい」と、願う人たちにたくさんの人たちが手を差し出してくれる社会になっている気がします。

魔法の言葉

交流の道徳で人生を変えた「魔法の言葉」についての勉強をしました。「魔法の言葉」っていうのが気に入って、僕は色々と考えました。僕の周りの人たちは、みんながそれぞれに魔法の言葉を持っています。それから、僕に言葉で魔法をかけます。

本山先生は、「出来るまでしなさい」とは言わない先生です。サッカーのシュートのときは「大地！　シュートが決まるまで何回でもやっていいよ！」と、言います。三回くらいやっても出来なくて諦めようとすると「決まるまでやっていていいよ。先生は見ているよ」と言います。他の先生たちが「決まるまで続けなさい！」ということも、「いいよ！いいよ！　何回でも挑戦しなよ！」と言います。そういう風に言われると、なんだかシュートが決まる気持ちになってそのうちに本当に決まります。決まったら「大地が諦めなかったら出来るんだよ」と言います。失敗の数は問題じゃないと教えてくれました。他の先生たちが「大地には難しいよ。無理しなくていいよ」っていうことも、「大地がやってみたいなら挑戦しようよ。お願いするなら仕方ないな。先生は協力してもいいよ」と、言います。

頑張っても出来ないときもあります。そういうことは叱られたりはしません。悔しくて僕は泣いたりします。「諦めないこと、出来るようになりたいという気持ちを忘れなかったら必ずできる日が来るよ」と、言ってくれます。

決めるのは僕です。命令とかはしません。待ってくれる先生です。一緒に頑張ってくれる先生です。それから、頑張るために「出来るまでは何回でも挑戦していいよ」。これが本山先生の魔法の言葉です。


中村先生は教室のみんなにたくさんのいい言葉を教えてくれます。そして、教室の後ろにはその言葉を貼っています。僕が「魔法の言葉」だと思ったのが、「自分の壁は自分でしか乗り越えられない。神様は乗り越えられる壁しか用意しない」ってことです。この言葉に勇気をいっぱいもらいました。

僕は交流で色んなことに挑戦してみました。今までは、いつも本山先生や弓代さんがくっついていたり、抱っこしてくれていたけど、交流の仲間の代表として一人でステージに上がって発表したり、自分の役割を果たしてみたりしました。

立候補する。先生が指名する。じゃんけんやくじで決める。選挙でみんなが決める。色んな方法だったけど、今までは考えられなかった新しいことを色々と試してみました。緊張して、お腹が痛くなったり、頭から血が全部抜けてしまうような感じだったりしました。それでも、「乗り越えられる壁」と、思うとパニックにならなかったし、大きな失敗もしないで任務を完了できました。無理だと思うことも、やってみれば意外にできることもあるもんです。

僕にとって大きな壁は「自分のことが自分で出来るようになる」ことです。この壁は超高い壁で富士山よりも高いかもしれないと思っていました。でも、富士山も頂上まで登る人がいます。時間はかかるかもしれないけど、きっと乗り越えられる壁なんだな〜と、思っています。

母は今年、１００％変わりました。本当は少しずついつも変わってきているようです。例えば、シャツが出ているとか、ボタンが間違っていたりとか身なりが整っていないときです。うーんと小さいころは、母が仕上げをして直してくれました。その後は、「シャツが出ています」と言ってどこをどう直したらよいのかを教えてくれました。その後は、「身なりが整っていません。鏡を見て確認してください」と言うようになり、だんだんと「鏡を見ていらっしゃい」と言うようになりました。

最近はもっと変わりました。「あなたの姿を見た友だちはどう思うだろうね。ママは『まあ大地君ってだらしないのね』と、思いました。鏡の自分を見て大地はどう思うのかを教えてちょうだい」と言います。自分のことに気を配ることと周りのお友だちとの関係を考えるような質問をします。

算数の授業に間に合わなかった、と話すと「遅れて来た大地を見てみんなはどういう気持ちになったのかな。もし、ママが三年一組にいたら『昨日の国語も大地君は遅れて来たな。どうしていつも遅れるのかな』と思うな。何回もそういうことが続けば『どうせ大地は遅れてくる』『大地は遅れても仕方がない』『最後はいつも大地だ』と思うかもしれないな」と言います。

母はこういうことを中村先生にもお願いしたそうです。どういうことか聞いてみました。三年生だから許されることかもしれないけど、本当はダメなことはダメ！　と、教えて欲しいということなんだそうです。今はこれくらいならいいよと許してもらえること。そういうことでも、大人になったら誰も許してくれないことを大地に教えてほしいとお願いしたそうです。叱ってくださいとか、出来るように指導してください。と言うことではないそうです。

教科書を忘れたら隣の友だちは見せてくれるかもしれないけど、見せてくれるお友だちは不自由していることとか、僕が遅れて来たことで他の人は待っていたとか、僕には見えなかった本当の話を教えて下さいってことです。

それがどういう効果になるのかはわかりません。でも、そういう話を言われると「ドキ！」って、まずはします。急にはわからないし、どうしたらいいのかわかりません。でも、栗林先生は「それでいいよ」と、言いました。

今から僕自身が、自分に優しくて何でも許してしまったら、周りの人に迷惑をかけていることもあり得るということを知らないといけないそうです。今は問題点を僕自身がわかることが大事らしいです。母が言う魔法の言葉は「周りの人はどう思っただろう」です。

納得できないことはやりません

僕が書いた二冊の本を読んでくれた人たちは「大地君は大人の言うことを何でも聞くのね。大人の言いなりね」みたいなことを思っているかもしれません。「約束ばかり。〜いけない。って、禁止ばかりで大丈夫なの？」みたいなメールも何人かの人にもらいました。

僕は少しいい子に書きすぎたのかもしれません。

僕は、納得できないことはやりたくありません。基本的には、そういうときはしません。何をするのか。道具は何を使うのか。どんな手順で作業するのかを教えてほしい気持ちです。

おひさま学級なら僕がそういう人だということがわかっているので、栗林先生や本山先生が教えてくれます。交流ではそこまでは先生は親切に教えてくれません。授業で聞けなかったときは、もう先生に質問するチャンスはなくなります。中村先生は休み時間は職員室に帰ってしまいますから。できるだけ自分から栗林先生や本山先生に聞くようにしています。

それでも聞けないときは、先生のほうから「大丈夫なの？」って聞いてくれたりします。そのままにしておくと、体も心も動き出しませんから。

「違うよ！」と思うときは、メールで書いて、口でも言います。同じ家にいても、口でも言えなくてもＰＣなら言えることもありますから。ＷＯＲＤで討論会です。メールで気持ちを伝えるときもあります。ケンカしたときには、一人で部屋で寝る態勢に入ったときにメールがパパやママから届くことがあります。

ママには、しつこいくらいに聞いちゃいます。それが、栗林先生なら「怠けているんじゃないの?」「少しいじわるなんじゃないの?」なんて僕は言っちゃう人なんです。本山先生に「先にスキーを片付けないと盗まれるぞ!」なんて言われたら「盗めるもんなら盗んでみろ!」なんて言って「ほ~」なんて言われちゃっています。

YESマンの大地君。なんて言っていた人がいたけど、全然にそんなんじゃないです。僕はどうやら「反抗期」に入ったらしいんですけど。本当は先生やママたちが言っていることが正しいことはわかっていますけど「全くうるさいな~」とか、思っちゃうんです。重症のときには顔に出ます。末期症状のときには言葉にも出ます。そんなときは、「やばい!」と思いますけど、先生やママの顔を見ると「ほ~そう来たんだね!」みたいな余裕の顔をしているのです。

負けるのを承知で、とことん泣くまで言いたい放題のこともよくある話なのです。だから、僕はいい子ではありません。普通の小学三年生です。

今年の栗林先生は「アンタはどう思うのさ」ばっかりでした。でも、反抗期の僕がしつこく色々と言っちゃったり、いつまでもわからず屋の大地だったり、好き放題にしていると栗林先生はやってきます。「あのね、大地」とか「アンタ。ちょっと…」は、僕がやっちゃったときにお説教モードに入るサインです。そのときは諦めるしかありません。ちゃんと話し合いをして、僕は軌道修正をします。

実際にはきちんとできなくて、「全く大地は！」って、呆れた顔の栗林先生になることも多いですけど。でも、僕に「いい加減にしなさいよ」のサインが栗林先生の「あのね、大地」なんだと思っています。

栗林先生はたくさんの魔法をかけくれます。「大地が大地らしく…」とか「大地が頑張りたいと思っていることが最後まで頑張りきれますように…」とかで、色んなことを教えてくれます。他にも、興味を持ったことへの豆知識や雑学とかも教えてくれます。雑学や、音楽。空や花。写真。そういうのが栗林先生と僕の共通の話なのかもしれません。それでも、「あのね、大地」に、色んなことを気づかせてくれます。これが栗林先生の魔法の言葉なんだと思っています。

冬休みの僕

冬休みは家で過ごすことが多かったです。それには、理由があります。雪がたくさん降ったからです。冬道を車で運転するのが母は嫌なんだそうです。ですから、家の周りや家の中で過ごしました。

長い休みは、僕はとても忙しいです。やることがたくさんあります。でも、家族で相談をしました。僕はもうすぐ四年生になりますから、毎日繰り返してすることは、母に言われなくても自分で出来るようになることです。

部屋で好きなことをしていても、食事の時間までには支度を手伝いに行く。それには、母の様子をちゃんと観察していないといけません。お手伝いや料理の助手もしたいですから、メニューを聞いて心の準備や時間のやりくりも大事なことです。朝起きて、寝るまでの時間にいろいろと遊びや仕事、勉強を終わらせるのも大事なことです。

一番に大事に考えたのは、頭や心の切り替えやマッタリを家族に迷惑をかけずにできて、自分も満足できることです。母が「スヌーズレン」と「コーピング」という言葉を教えてくれました。それで、ネットや本でいろいろと調べました。今までは母に手伝ってもらっていたコーピングを、自分でスヌーズレンという環境を作ってできるようにはどうしたらいいのかを考えました。

実は、最近の僕は随分と大きくなってしまいました。ダンボールで作った「大地ハウス」は小さくなってとうとう破壊してしまいました。お気に入りの洗濯籠は、「壊れるからもう入らないで!」と、禁止されちゃいました。こうちゃんのお母さんは「帽子やフードをかぶるだけでコーピングできるようになったら便利だよ」と、教えてくれました。僕はまだそこまで進化していません。でも、押し入れや部屋の隅に入り込んで、一人でマッタリできるようになりました。車の中でもマッタリできるようになりました。出かけたときには、スヌーズレンがないのでトイレに行ったり、デイサービスでは外に出るようにしています。ここじゃないと絶対ダメっていうのが無くなったので、シャットダウンできればうまくいくようになりました。

アロマオイル、きらきらライト、青いオイルがポタポタ落ちる飾り、首が揺れる陽だまり人形とかが気に入っています。でも、妹たちが悪戯して結構壊してしまいました。バスタオルのだいじと、iPhoneが僕をだいぶ助けてくれています。

お小遣い

お小遣いは今も貰っていません。お年玉もいつも本を貰います。ジジババからもらう小遣いは、使い道を決めて品物になってからもらいます。三人それぞれが、人形や本に決めるときもあるし、三人分を合わせて特大プールを買ったこともあります。そのときは水道代が上がってしまい、母は悲鳴を上げていました。

お小遣いはありませんけど、お給料はあります。お手伝いをすると毎月25日に給料がもらえます。毎日の仕事はお風呂掃除、階段掃除、玄関掃除です。それから、時々は買い物に行きます。食事の調理の助手をします。

冬になったら雪かきです。夏は畑の手入れと水をあげる仕事です。どのお手伝いも1回10円です。父は「10円以上の働きをしてください。パパに10円でこんなに頑張ってくれているんだ。と、思わせてください」と、言います。時々、お風呂掃除がいい加減で「今日のお風呂には給料は払えない」と、言われます。だから、一生懸命にするようにしています。でも、お給料がもらえない仕事もあります。ハムスターの世話。妹の世話。部屋の掃除。洗濯物の手伝い。などがそうです。お金がもらえない仕事も手を抜いてはいけないことを習いました。

お手伝いは結構楽しいです。僕はお料理が好きです。今は、火を使う料理も手伝えます。三年生の冬は雪かきを頑張りました。父がいなかったので、男は僕だけでしたから。雪がたくさん降ったので、本当に大変でした。一回の雪かきに二時間近くかかる日もありました。一日に三回も四回もしなくちゃいけない日もありました。浅見さんは「ビジネスチャンスだ！」と言いました。近所のおじさんやおばさんに、「頑張っているね」とほめられてうれしい気持ちになりました。

最初のころは下手くそでした。きれいにできなくて、雪がずいぶん残ってしまいました。春が近くなったころは上手になりました。お隣のおじいちゃんには「いつ音を上げてやめるかと思ったけど、一冬頑張りぬいたな~偉いもんだな~」と、言ってもらえました。

特別手当がついたりして、給料が１０００円を超えた月もありました。１０００円を超えると、高額の給料なので税金を１００円納めないといけないルールです。その税金で家族の生活を守るそうです。僕は税金を二回納めました。僕が納めた税金がガソリン代になったり、電気や水道の料金になるそうです。それで、安心して暮らせる家になるそうです。それから、日本の国もこういう税金で国つくりをしていることを教えてもらいました。

最初の「ぼく、アスペルガーかもしれない。」を書いたころは「働ける大人になりたい」と、思っていました。次の「僕たちは発達しているよ」を書いたころは「働く大人になりたい」と、思っていました。今は「働いて税金を納められるようになりたい」と思っています。そして、勤労感謝の日には、日本の国民として、労働者として、互いに感謝しあう一人になりたいです。

誰のものかを考える

僕は一応、自分の物と他の人の物の違いくらいはわかっているつもりでした。でも、お使いのお釣りを自分の財布に入れたときに父に呼ばれて教えてもらいました。

100円玉が三枚。一枚は大地の給料。一枚は父の財布から出しました。もう一枚はママから借りてくるように言われました。それを僕の財布に入れてくれました。そして父は言いました。

「どぅーるん！　問題です。この財布には100円玉が三枚あります。さて、大地のお金は何円入っているでしょうか？」

……　そんなの簡単です。僕の財布に入っているのだから、僕のお金は300円です。

でも、それは不正解でした。

パパの財布から出てきたお金は父のお金です。ママからもらったお金は借りたお金なので返さなくてはいけません。それと、ママの財布に入っているお金ですが…これは父が一生懸命に家の外で働いて得てきたお金で、家族の生活のために使うお金です。だから僕のお金は100円だけです。

お金には名前がついていないこと。借りてきたり、誰かにもらったお金は僕のお金ではないことを教えてもらいました。自分で働いて得たお金は大切に、それから計画を立てて使わないと大事なときにお金がないことになります。それから、誰かにもらうお金や、借りるお金は僕のお金ではないってことです。お金は決して借りたり貸したりしてはいけないことを教えてもらいました。

そして、自分の財布の中に入っているお金が本当に自分の物なのかを考えるように言われました。僕はお使いのお釣りは家族のお金なので返すことにしました。

三学期の僕

今年は栗林先生が忙しかったみたいで、いろいろと四年生のことを相談することがないままで三学期が始まっちゃいました。それでも、毎日の生活の中で今しなくちゃいけないことがわかってきたので僕はあんまり不安はありませんでした。交流で勉強するのも楽しかったし、スキー学習や卒業式のことで時間割や時間の使い方が変更になるのも、そんなには苦痛じゃなかったです。

三年生になると、スキー学習はスキー場に行きます。いつもならスキーの特訓をしてくれる父がいないので、僕はスキー場に一度も行かないままでスキー学習に行くことになりました。それでも、僕は家で色んなトレーニングをしました。スキー靴で歩く練習から、スキーの準備と後片付け。それからプルークボーゲン攻略大作戦です。僕が習得すべきミッションは体重移動です。それと太ももの内側にぐっと力を入れる練習です。

いつものようにママが考えたバカっぽいけど笑えるダンスと、ながらトレーニングです。

いつもは本当に「ながら」ですけど…冬休みはスキーのために真剣に取り組んできました。

事前学習で中村先生は「全員がリフトで上まで上がって降りてこれるようになるぞ！」と、言いました。栗林先生と母は、「無理はしなくていいよ。今年はリフトに乗らなくてもいいよ」って言いましたけど、僕は三年一組のみんながリフトで上を目指すなら、僕もみんなと同じように頑張りたいと思いました。

スキー場の初日は、恐怖でいっぱいでなんだかよくわからないままで終わりました。次のスキー学習に向けて、僕は毎日頑張りました。家でもそうですけど、おひさま学級のスキー授業もいろいろとチャレンジしました。本山先生にお願いしてイメトレして、家ではiPhoneでイメトレしました。

友だちの協力もあって、僕は設定した目標以上のことが出来ました。スキー場は寒いし、スキー靴は足が見えなくてよくわからないし、スキーを足につければ空間認知が狂って、いつも「訳わからないな〜」って思うんですけど、自分の体や筋肉がどんなふうに動いているのかを自分で「そういうことなんだ」って思うことが出来たスキー学習でした。栗林先生、本山先生、中村先生にまでほめられて大満足のスキー学習でした。

三学期はあっという間に終わります。今年は僕にとって…一生涯、忘れられないくらい胸が苦しくなるような結末が待っていました。栗林先生以外の先生たちが、みんなが転勤になりました。K先生やS先生がいなくなることも悲しい話だったけど…本山先生がいなくなるっていうのは、涙も出ないくらいショックでした。でも、「やっぱりな〜」っていう気持ちもどこかにありました。先生とのお別れをどうやって乗り越えようかと考えていましたが…本山先生は僕が思っていなかったことを言いました。

「先生は大地とサヨナラするつもりはないよ。先生はほかの学校には行くけど…先生と大地の関係は何も変えるつもりはないよ」

コソコソと一人で泣いている自分にがっかりするような…後悔するような話でした。先生は違う学校の先生になるけど、繋がった人と人との絆は変わらないってことかもしれません。

親友のこうちゃんが転校することになりました。こうちゃんは養護学校で六年生の一年間を勉強することになったそうです。あと一年なら、このままここにいてくれればいいのに…と、僕は涙が出ました。

そうしたら、母が教えてくれました。こうちゃんは一年生になるときの話し合いで「養護学校がいいですよ」という結果が出ていたそうです。でも、こうちゃんのお父さんとお母さんは大人になったこうちゃんは家から仕事に通ってほしいと考えたそうです。それにはきょうだいと一緒に近所の小学校で勉強することが一番いいと考えて、この小学校に決めたそうです。

こうちゃんは元気に毎日毎日、学校に五年間も通いました。六年間で勉強してほしいなぁ〜と思っていたことが五年生のうちに全部覚えてしまったそうです。

最近のこうちゃんはずいぶんお話しするのが上手になっていました。いろいろとわかることが増えたので、絵カードやスケジュール表を作り変えていました。僕もお手伝いしました。iPodも上手に使って便利に役立てているみたいです。家に遊びに行くと、dropの絵カードをiPodで見せて気持ちを教えてくれることもありました。もうすぐ大人になるこうちゃんは、飛び級で新しいことを新しい先生たちと修行することになったそうです。

僕は親友なのでこうちゃんの旅立ちを笑ってお祝いすることにしました。新しい学校が気に入ってくれるといいです。どんな学校なのか聞くと「いいね～」と、教えてくれました。バスのカードを見せてくれました。こうちゃんはスクールバスに乗るようです。

さようならの季節

本山先生の転校が決まったとき、「やっぱりか…とうとうこの日が来ちゃったか…」と、思いました。ものすごく悲しい気持ちで次の日に学校に行きましたけど、先生はにこにこしていつもと変わりありませんでした。お別れの日には「別れの挨拶をする気なの？先生は大地と別れる気はないんだけどね。大地！　大地は先生からは逃げられないのだよ。これからも仲良くしようじゃないの～メールを頂戴ね」と言いました。先生らしくて笑っちゃいました。

三年生の今年は、僕の担任の先生ではなかったけど、毎日のようにたくさん遊びました。それから、去年一緒に覚えたはずのことを忘れてしまったときには呼び出されました。

本山先生は母と同じことを言います。「言われないとできないようではこれから困るんだよ。毎日、必ずしなくちゃいけないことは言われなくてもできる人にならなくちゃだめだ」

家でも学校でもだれよりもスパルタで厳しい先生でした。「やりたい！」と僕が言ったときは、最初から最後まで一緒に頑張ってくれました。諦めそうになる僕に「諦めるのかい？　ここでやめて後悔はしないのかい？」と、いつも聞いてくれることで「よっしゃ〜！」って頑張りにつながりました。

本山先生はあんまり大きく笑ったり、怒ったりしない先生で不気味なところがありました。よく体を悪くして、顔色が暗いときがありました。どんなに具合悪くても元気な顔で学校に来てくれることは感謝でした。どうしても休むときには、「風邪ひいたよ〜ごめんね！今日はお休みします」って、メールを早めにくれるのも助かりました。

先生はお別れの日に「やりたいと思うことは諦めずに頑張り続ける人でいてください。もしかしたら最後までできないかもしれないけど頑張り続けること。そう願うことは大事なことだと先生は思います」と話をしてくれました。僕は「そうだな〜先生は二年生の僕にそういうことをずっと教えてくれていたな〜」と思い出しました。

二年生の運動会のかけっこのときの先生の顔が僕は忘れられないし、忘れたくないな〜

って思っています。

次に会うのは、今書いているこの原稿が出来たときです。

そのときはキャッチボールがしたいです。練習しておいて驚かせたいな～と、思います。

友だちと一緒に頑張る工夫

僕の取扱説明書3

はじめに

僕は三年生になりました。二年生の冬休みが始まる前、僕は栗林先生に呼び出されました。そして、三年生はどこで何を目的に過ごすのかを二人で相談しました。僕は三年生もおひさま学級で勉強することを選択しました。栗林先生も賛成してくれました。

僕は一年生の終わりにおひさま学級の人になりました。おひさま学級は特別支援教育というところです。母が校長先生から聞いた話ですけど、「特別支援教育とは特別なことをするという意味ではない。一人一人の子どものニーズに応じた教育を提供する」ということだそうです。これだけ聞いてもさっぱりわかりませんが、僕に当てはめて考えるとわかります。僕は僕にわかる方法で勉強します。僕にできる方法を見つけるところです。

それは、僕に普通の人になりなさいということではありません。僕がどんなに頑張っても「アスペルガー症候群」という診断は消えないし、死ぬまで障害者であることは変わりありません。それから、僕は色んな人の助けが必要で、協力をお願いすることも必要ですから。

でも、出来ることは増やしておいたほうがいいです。努力していない人を助けてあげたいと思う人はそうはいません。僕にも心があります。命令されるのは嫌です。自分のことくらいは自分で出来るほうがいいもんです。みんなが守るルールは守れる人のほうがいいですから。

それに、「大地だから仕方がない」と、思われるのが嫌です。「障害があるから無理だね」と思われるのも嫌だし、自分でも思いたくはないです。

もっと大事なことは、友だちと仲良くすること。友だちと協力すること。みんなと一緒にすることを覚えておいたほうがいいのです。チームワークってやつです。悪気はなくても、友だちを嫌な気分にさせてしまうことがないように。僕も友だちもいい気分で遊んだり勉強ができることはみんなにとって良い話です。

僕は少し大きくなって、修行も進みました。出来ることがずいぶん増えました。出来なくても、わかることが増えました。僕は自分で気付いたり、自分で工夫することが出来るようになってきました。失敗も多いし、考えすぎて骨折り損のくたびれもうけのこともあります。おひさま学級と交流学級の両方で頑張った一年でした。

三年生の一年間は、三年一組のみんなの中で僕が僕らしく頑張っていくことをずいぶん試してみました。栗林先生がそれを「取扱説明書３」にしてまとめなさいと言いました。

四年生になる前に、いろいろと思い出してまとめておくことは大事だと思うので、まとめてみることにしました。

修行の成果を確認する

おひさま学級二組は自閉症のクラスです。八人の友だちがいます。先生は三人です。栗林先生、本山先生、それと新しく来た池田先生です。教室は去年と同じですけど、横に長くてへんてこな形です。それから、とても狭いです。四月はとても落ち着かないスタートでした。新しい先生と狭い教室で居心地の悪いおひさま学級でした。僕は思い切って作戦を立てて実行することにしました。

作戦は「出来るだけ交流で過ごしてみる」です。僕がおひさま学級で二年生を過ごしているうちに、友だちはどれくらい成長して発達しているのかを知る必要がありました。友だちと比べて、遅れているところと進んでいることを知る必要もありました。それから、僕自身の問題です。交流の友だちと生活できるのか、勉強できるのか。これを知るために一日中、交流で過ごしました。

僕が交流で頑張ることを栗林先生は心配そうな目で見ていました。でも、すぐに僕の気持ちがわかったようです。「交流で自分のことがちゃんとできているのか、大地は自分で判断できているかい？」と聞かれました。そういうこと気を付けながら頑張ればいいのかな～と、僕は思いました。

母からは三つのことを言われました。

① ルールは守ること。
② 自分と違う考えや意見の友だちを否定しないこと。
③ 損得勘定で判断しない（必要かどうかで考える）。

最初の結果

交流での生活は最初のころは楽勝だと思いました。でも、とても疲れました。それから、周囲の友だちや先生が僕に気を使っているのがよくわかりました。たぶん「あの子はどんな子なんだろう？」って、様子を見ていたと思います。そして、僕もみんなの様子を見ていました。

中村先生も栗林先生も様子を見ていた感じです。僕は勉強も生活もそんなに出来ない困った人ではなくなっていました。先生から「そういうことをするのは大地だけだ」とか「どうして大地はわからないんだ」と言われることはありませんでした。先生同士の話し合いで、そういう話が出ていたのかもしれませんけど、僕がみんなと極端に違うおかしなことをしていることはなくなったみたいです。

「先生の言っていることがさっぱりわからない」……そういうことがなくなりました。教室のザワザワしたうるさい感じが気にならなくなっていました。それは、みんなが何をしているのか。どうしてザワザワとお話をしているのかがわかるからだと思います。

友だちと一緒はいいな〜と思いながら学校に行きました。よく見ると…僕よりもだらしない人や、僕よりもできていない人も結構います。それでも、普通学級では誰も何も言わないことにビックリでした。

いつもおひさまで叱られたり、やり直しになることも交流では結構ＯＫ！　でした。どういうことかというと、姿勢が悪い。座り方、立ち方が悪い。まっすぐ並べてない。きれいにできていない。ダラダラしない。身なりを整える。声が大きいとか小さいとか。そういう当たり前のことは交流ではあまり注意されません。もしかしたら、おひさま学級のみんなのほうがこういうことが上手かもしれません。

しばらく交流で頑張って、運動会が終わったころには、友だちは「三年一組にずっといなよ」っていうけれど、僕は目的を考えていかなくちゃ大変なことになるぞって思いました。それで二週間ぐらい、交流をお休みして考えました。

交流は……「教科の勉強をするところ」

おひさまは……「生活や生きることを勉強するところ」

僕が出した結論です。栗林先生に言ったら「そう！　ふふふ」って、笑っていました。

交流学級で勉強するために自分の体を知る

目

僕は感覚が過敏なんだそうです。特に目と耳は、交流で勉強するときには、授業を受けたい僕の邪魔になります。どんなふうに邪魔をするかというと、見たいものがあるのに、他のものが見えちゃうとそっちが気になって仕方がない感じになります。テレビを見ていたら虫が飛んできて、テレビを忘れて虫が気になっちゃうような感じです。大したことのないものも、体にまとわりついてくる虫のようにうるさいと感じてしまいます。いるのかどうかわからない虫が気になって仕方ない感じになってしまいます。

おひさま学級と違って、三年一組の教室には黒板の上も横も、掲示板も、後ろの壁にも、窓際はワイヤーを張ってまで掲示物がぶら下がっています。黒板には授業には必要がない連絡事項が書いてある時もあります。そういうものが僕の邪魔になります。

おひさま学級は本山先生と僕だけ。二人の間には何もありませんでした。でも、中村先生と僕の間には友だちがいます。僕の周りは友だちが取り囲んでいます。友だちは動くし、話すし、動けば音が出ます。気になる日は、服がこすれる音もとてもうるさく感じるのが僕の目と耳です。

出来るだけ、僕の目が色んなものを見てしまわないように席は前にしてもらうことにしました。交渉は栗林先生にお願いしました。

三年生が終わる今は、席替えで一番後ろの席にいます。くじびきで席が後ろになった日、栗林先生に電話をしました。「大地は自信がない」

でも、栗林先生は「自分で中村先生に話しなさい」と言いました。中村先生は「ダメだったら席を変えよう。でも、とりあえず今の席でやってみよう」と言いました。

やっぱり、色んなことが気になります。別のことに頭が持って行かれそうになります。でも、今は勉強の時間と目的がはっきりしていれば、軌道修正ができることがわかりました。それと、中村先生の授業は面白いです。気になることが出てきても、先生の話は僕を勉強に戻してくれます。

僕は、物の見え方に特徴があることがわかりました。見本や問題が書かれたプリントをどこにどのように置くかで僕の目は色んな見え方をします。そして、頭への情報の送り方が違います。プリントを書き写すものがノートなのかプリントなのか。参考書などで勉強するときは、僕が書く字より参考書のほうが小さな字になります。あと、色などが変わっても違って見えます。

次にどこに置くかです。僕の机はコルクボードとホワイトボードで作った特製のガードで囲んでいます。そこの壁面にプリントを貼るのと、机の上にプリントを置くのでは全然違うものに見えちゃう目です。三年生の算数では結構、図形が出てきます。見え方が違うと直角があるのかどうかもわかりません。

僕の目はダメなところばっかりではありません。県の形は色がない白地図でも、何県なのかすぐにわかります。特に勉強したわけじゃありません。それでも、そういうことは得意なようです。それからピースを積んで作った図形の問題。何個のピースを使っていますか？　の問題です。こういうのも数えなくてもすぐに何個のピースを使っているのかがわかります。父や母には負けません。

耳

外を走る車の音やほかの教室から聞こえる歌や楽器の音が気になる日が今もあります。音楽は大好きです。ついつい歌ってしまいたくなる日もあります。調子の悪い日は耳鳴りもありました。体の中の音なのか、外の音なのかはわかりません。ひどい日は、キーンとした音波のような音がずっと聞こえます。

そういうのは、イヤマフで何とかなるものと何ともならないものもあります。実は、今はイヤマフを使っていません。交流の授業だったら…色んな音が聞こえても、その中から中村先生の声だけをフォーカス出来るようになりました。でも、オートフォーカスは無理です。完全マニュアルです。とても集中が必要です。でも、聞きたいとか、好きだなという思いは、難しいことも可能にしてくれます。うまくいくと一人でうれしくなったりします。そういう時は、中村先生にばれます。「なんだかいい顔しているな」と、言われちゃいます。僕の中で何が起きているのかは、僕にしかわかりませんけど。

突然の大きな音や予想していなかった音は、超ビックリします。信用できる人がそばにいると「大丈夫！」と自分に言うことでパニックもなくなりました。

音は、耳で聞く。骨でも聞くそうです。どんなときにどんな音がうるさく聞こえるのか、どこで聞こえている音なのかがわかるようになれば、また違った対処方法が見つかるはずです。

頭

気になることは、ずっと気になって考えてしまいます。好きなことは突然、しかもどんな時でも頭の中を占領して、そのまま僕の頭の中に居座ります。僕はお城や戦国武将、三国志が大好きです。油断すると「こんにちは！」と、浅井長政や織田信長が現れます。どんどんと頭の中で膨らんできて、明智光秀やお市の方なんかが現れると…それだけで僕は楽しくて仕方がありません。

それなのに、大事な連絡は忘れてしまうことが多いのも僕です。「今日、学校で先生と何の話をしたの？」と、家で聞かれても僕はうまく言えません。話をしたことを忘れちゃうわけではありません。「今日はちゃんと話した」の一言がうまく言えないときがあります。当然ですけど、話の内容を説明するのは難しい仕事です。簡単な一日の出来事を報告するのは、思い出して整理する練習を幼稚園からしていますから、紙に書きながら家族と学校でのことを話できるようになりました。

栗林先生との話は今までの付き合いの中で、少々工夫してもらっています。それは、書きながら話をするとか、メモに残すとかです。メモを持って帰らなくても、耳で聞いて、目で確認したことは僕の頭にちゃんと残ります。それを家で説明するのは別問題ですけど。それでも、大事な約束は忘れることはなくなります。栗林先生は「誰でも気がついてくれるわけじゃない。書いてくれる？　と、お願いする方法もある。人の頭を借りる方法もある。後でもう一回教えてね、とかもそうだよ」と言いました。

一年生のころ、授業中でも他のことを考えたり、他のことをしてしまうことがありました。今年になって気がついたのは、頭の中に引き出しがたくさんできた感じです。きっと、栗林先生か本山先生が作ってくれたんだと思います。引き出しには、いつ開けていいかのラベルが貼ってあります。授業中に、戦国武将のことを考えたり、教科書じゃない本を思い出して頭の中で読むことはなくなりました。

学校で気になることを考えたり、思い出したりしない分、家では僕の頭は忙しいです。メモばっかり書くのは大変なのでＰＣに書いたり、iPhone のメモや手書きパッドが大活躍でした。字で書くより絵にして残すこともしました。たくさんあることは、表にしておくのが便利です。頭の引き出しにしまいやすいように番号を付けたりしました。本当は聞いたその時にメモを残すのが一番ですけど、今はうまくいきません。もしかしたら僕が怠けているのかもしれません。

自分のことに忙しくなったし、頭が疲れるのでテレビはあまり見なくなりました。DVDは頭の中のメモリーがすぐに容量オーバーします。本当の現実の話なのか。今、起きていることなのか。前に起きたことなのかまで心配するようになったので見ないほうが平和です。今までと少し違った生活は、頭が苦しくなりました。この苦しさが、脳を活性化しているのかもしれないと思うとうれしい気持ちです。何に頑張って、どこに無理がかかったのかで苦しい場所が変わります。苦しいのを取る方法を知っているので、辛い時に三分くらいでとることができます。でも、いつかは苦しくなくなる日が来ると思います。

僕は三つ以上のことを覚えておきながら仕事をするのは出来ません。三つ以上あるときは見て確認できるようにしないといけません。でも、覚えておくことが三つでも、部屋を移動したり、道具を取り替えたりとか少し作業が必要だと一つの事しか覚えてられない時もあります。母は「覚えておけないのは仕方がない。大事なのは覚えておけないことを大地自身がわかっていること。忘れてもいいように準備ができること」と言いました。失敗しないように注意していますけど、僕はせっかちなので失敗が多いです。そして栗林先生に「メモしときなさいよ～」と言われちゃいます。

口

相変わらず思ったことが口から飛び出してきます。言葉があふれることはなくなりましたけど。授業中に「わかった！」とか「なんだそういうことだったのか」というのは、出ちゃいます。でも、それくらいだったら叱られることはありません。中村先生はたいていのことは無視してくれます。それから、「やばい！」って、先生の顔を見ると笑っているときもあります。ときどきは、「わかったのか！　いいぞ！」とか「そういうことだったんだよ。大地」とか言ってくれます。

離れたところから「大地！」って、呼ばれてもわからないことがあります。気がつかないんです。声は聞こえていますけど、なんだかさっぱり不明です。でも、交流だとそばの友だちが教えてくれます。

今、一番の問題は「言葉」です。僕の話す話は難しい言葉が多いそうです。僕の言っていることは友だちには意味がわからないくらい難しいそうです。それから、話の内容も難しいそうです。僕が大好きな戦国時代や武将の話。家紋の話。地図の話。火山や鉱石の話。友だちの中には興味のある人はいません。戦いごっこに、諸葛亮孔明や本田忠勝がでてくることはないみたいです。

僕が友だちにはわからない話題で話をしたり、難しい言葉を使っているときには、栗林先生は「その言葉は難しいよ」と教えてくれます。それから、使った言葉の意味を聞かれます。でも、「意味はあっているけど、その説明も難しいね」と言います。それから、どんな言葉を使えばよかったのかを教えてくれます。

母は言いました。「ママは大地が難しい言葉を使ってても慣れてしまってそこまでは気付いてあげられません。三年生の標準をママは勉強します。大地は、先生や友だちから教えてもらったことは忘れないように大切にしてください」と、言いました。大事なことなので覚えておこうと思います。

色んな出来事や、人から聞いた話が頭の中にたまってパンパンになります。書くことで頭から出しておくことが出来ます。大事なことは書いておいた方がいいですけど、大事じゃないくだらないことまで書いていると僕は眠る時間が無くなります。そういう時には、

iPhoneのハムスターに話しかけます。ハムスターが復唱してくれるので面白いです。それから安心します。

手・足

できると思ったことができないのは、頭で思った通りに手足が動いてくれないからです。僕は空間認知も悪いですから、位取りが出来なくて1の位が全部抜けちゃう時があります。そんなしょうもない計算間違いも多いのです。普段の生活でも結果として、転んでしまう。穴に落ちる。ぶつかる。みたいな…惨めな結果になります。

鉄棒、縄跳び、水泳、スキー、自転車、キャッチボール。出来るようになりたいのに、出来ないことで悔しい思いを何回もしました。雨の日は、傘が電柱にぶつかってよく壊しました。自転車に乗っていて、横を車が通ると端によりすぎて事故です。とうとう壁と電柱に衝突して、自転車は廃車になりました。手足がうまく動いてくれないんです。頭にイメージした感じじゃないんです。でも、そういうのもだんだんいい感じになってきたと思います。出来るようになった運動が多くなりました。

栗林先生と母は「ボールを投げられるようになりたい」と、言っても、ボールを投げる練習はしません。「サッカーがしたい」「ボーゲンが出来るようになりたい」といっても、その練習をすることは98％はありません。じゃ、どんなことをするのか…それは秘密です。でも、走るのと一緒にボールが蹴れる。サッカーのドリブルができる。みたいな結果になることが多いです。

二年も修行していると、初めての運動でも出来ちゃうものが出てきました。まだまだ、姿勢が悪いとか、バランスが悪いとか、中心がずれているとかの問題があります。でも、前よりはずっと色んなバランスが整ってきている気がします。妹の買い物に一日中付き合って、店中歩き回っても、疲れて次の日までヘロヘロになるような軟弱体質ではなくなりました。少し歩くと、人魚姫のように痛くなった足はぴんぴんしています。

運動のこれからの課題は、手足の協調運動と連続した運動です。これをクリアすると、僕はステップの後に左足が前に出て、体重が乗ったいいボールが投げられるようになるそうです。手足はだいぶイメージ通りに動きます。次は指です。僕には折り紙の角の先っちょに向かってぴったり合わせることが出来ません。力の加減や細かい動きが必要です。

体重を移動するとか、見えない靴の中の足のことを考えたりするのは難しいです。でも、そんなことを深く気にしなくても体を動かす方法がちゃんとあります。上手じゃないけれど、何となく出来るようになるもんです。

今の新しい課題は、右と左が違う運動をしないといけない時です。それと手と足がバラバラな動きをしないといけないとかも難しいです。あと、走ってそのまま投げる、とか、少し踏み込んで振るとか打つとかも今は練習中です。

指

僕は細かい仕事が苦手です。細かいところもよく見えていないかもしれない目です。言われると気がつくけど、言われないと気がつかないことが多いです。出来るようになった遊びがありますけど、勉強で困ったことがあります。それは道具を使う勉強です。定規やコンパスがうまく使えません。

実は算数で図形が一番大好きです。とても得意だと思っています。でも、書けません。線もまっすぐ引けませんし、目盛りがきちんと読めないので、正しく測れません。あと、ゼロに合わせるのも苦手だし、何センチなのか見ている間に定規が動いてしまうので…もう滅茶苦茶です。グラフを書くなんて最悪です。出来上がったグラフを見るとガックシきちゃいます。

少しでもうまくいくように、定規のゼロのところから柱が飛び出るタイプのを探しました。これでスタートはずれなくなりました。線を少しでも正しく引くための作戦もいろいろ考えましたけど、それはもう少し研究が必要です。

コンパスはいろいろな種類があるので試してみました。でも、どれもあまりうまくは行きません。まだ、きれいな円は書けないです。たくさん練習したら、机のマットに穴が開きました。

しるしを見ながら、しるしのところに合わせるとか、そういうのが出来ません。母は「しるしは目で言えて、手で触って確認できるものにしよう」と言いました。手と目がうまく協力できるように準備をすれば僕もできることが増えるということです。出来る方法が見つかれば木工細工やアクアビーズも上手にできるようになりました。

それから小さな点が書けません。円を書いてもスタートのところに隙間の内容にゴールできません。スタートとゴールがずれた変な円になります。だから、数字の6、9、8が苦手です。

服

おひさま学級は1時間目が体つくりの時間です。毎日が体育みたいなものです。ですから、毎日ジャージで登校です。

今までも服は何でもいいというわけじゃありませんでした。今年は、服選びに困りました。ジャージの上着が着たくなくなりました。チャックも嫌だし、触った感じも嫌でした。それで、寒くなってからは、トレーナーばっかり着ていました。トレーナーなら何でもいいわけじゃないんです。触っていい感じの服はあまりありません。少し小さくなったり、何十回も洗濯して毛玉がついても気に入った物は着たいのです。三着くらいの服を交替に来ていました。

母は少し呆れていました。去年、お気に入りだったフリース素材は痒くて無理でした。去年、買ったフリースの服は一回も着られないで冬が終わりました。本とかでは「こだわりが強くなる」とかありますけど、こだわるというより体が受け付けないんです。裸で行くよりはいいので、同じ服ばっか着て学校に行っています。

世の中の人は、シャツが出て、背中やおなかが出ていると「寒い」とか「冷たい」とか感じるそうです。僕はあまりそういう風に感じたことはありません。寒いことも冷たいこともわかりますけど、それは背中が出ているからなんだって気がつきません。気がつかないなら、ときどき自分の目と手で確認が一番ですけど、確認することを忘れるので、シャツが出ていることが多いです。大人になる前に解決したほうがいいなあ～と、思っています。

お気に入りは
触った感触のよい
3着のトレーナー

「感謝」を忘れない

栗林先生は「大地はお父さんとお母さんに感謝しないといけない」と、僕が忘れたころに時々言います。岩永先生はメールで「ご両親に感謝してください」と、言いました。僕は父も母も大好きです。感謝しているつもりでしたし。でも、みんなが言うから大事なことなんだ。覚えておこうと思っていました。

ある日、病院に行くのに迎えに来るはずの母が少し遅れてきたことがありました。僕は怒っていました。それに、時間に遅れた母にイラっときていました。「ママ！ 何をやっていたの！ もう五分も待ったよ」と、僕は母に強く言いました。

そうしたら、五年生のこうちゃんが「だいち。ばつ」と言いました。「あっと」と言いました。こうちゃんは迎えに来てくれた母に「ありがとう」を言いなさいと教えてくれました。

僕はこの時にわかりました。僕はどうしても自分中心で考えちゃうから。そして、人は誰でも誰かに助けてもらわないといけないから、感謝の気持ちを忘れちゃいけないことを先生たちは教えてくれていたみたいです。母がしてくれるのは当たり前ではないってことです。

僕は翌日「昨日は教えてくれてありがとう」と、こうちゃんにお礼を言いました。こうちゃんは「あっと」と言いました。

登校・下校

いつも10〜15分ほど歩けば到着する学校。日によっては、30分以上歩いても学校に着かないことがありました。「学校まで一人で歩いてきなさい」と、栗林先生は言いました。母は遅刻をしちゃいけない日や病気の時、天気がものすごく悪い日以外は遅刻してでも歩いていきなさいと言いました。妹が幼稚園に行く前は母と学校まで歩いていくこともありました。一人より母が一緒の日のほうが多かったかもしれません。

去年は本山先生や弓代さんが途中まで迎えに来て救出してくれました。栗林先生に家まで送ってもらったこともありました。歩けなくてオロオロしていると、友だちに石や雪玉をぶつけられたことがありました。怖くなってうずくまっていたら、その上に乗っかる人もいました。

僕が学校まで歩けないことには色んな理由がありました。それも、少しずつ克服してきています。三年生になって、僕は遅刻をせずに、雨の日も、日照りの日も、吹雪の中も歩いて学校に行けるようになりました。疲れない体力がついたこと。足が痛くならないこと。いつも同じスピードで歩けるようになったこと。色んなことが気になって、学校に行くことを忘れなくなったこと。天気や季節が変わっても自分の歩く道がわからなくなることはなくなったこと。

「学校が楽しい」「遅れたらみんなが待っている」「仕事が待っている」とか思うと、遅刻をするわけにはいきませんでしたから。僕は頑張って歩きました。いつもより少し遅く家を出た時には、早歩きをしたり、走るときもありました。行事が続いて、うまくリズムが取れないときには首からストップウォッチを下げて学校まで歩きました。僕のストップウォッチは時計もついているやつです。

三年もかかってしまいましたけど、僕は一人で学校に行き、一人で学校から帰ってこれるようになりました。時々、友だちと一緒になることがありますけど、大体は一人です。誰かと一緒だと自分のリズムが崩れます。帰りならいいけど、登校時は自分のペースで歩くのが一番です。

自分のことが出来るようになる

父がいつも言います。「大地はアスペルガー。それから障害者かもしれない。でも、人である以上は人として当たり前の事は出来なくちゃいけないし、わかる人じゃないといけない」

そういうことは学校の勉強では習わないそうです。そして、そういうことを「しつけ」と、言うそうです。僕だけでなく、二人の小さな妹たちにも父や母は厳しく言います。「ご挨拶をきちんとする」「靴は玄関でそろえる」「お友だちの家に行ったらご挨拶と後片付けを忘れない」「身だしなみを整える」「お客さんに出したお菓子を食べちゃいけない」「人の前を横切らない」とかです。

特に食事のことは厳しいです。「茶碗の持ち方」「箸の持ち方」「食べ物に箸を刺さない」「箸や器、指に付いた食べ物をペロペロ舐めちゃいけない」「食事のときはきちんと座る」「食べ終わった食器は自分でさげる」「こぼしたご飯粒がないのかを確認する」

父や母にいつも教えてもらうことは、いっぱいありすぎてここには書ききれないし、すぐには思い出せません。でも、そういうことを家でも学校でも何度も何度も教えてもらいながら覚えているところです。学校では、そういうことは栗林先生がうるさく言います。それからHさんも言います。他の先生や介助員さんはあまり言わないかもです。でも、父は「勉強ができることよりも、人として当たり前の事が出来ることが大事だ」と言います。僕はほかの人より、出来るまでに時間がかかるそうです。でも、大人になるまでに時間はたっぷりあるので、一つずつ確実に覚えていくことだと言われました。

生活するうえでのマナーやルールはもちろん大事なことですけれど、自分のことができることはもっと大事です。忘れ物をしないように、明日の準備をすること。時間を守って生活すること。身なりを整えること。この三つは僕には少し問題があります。でも、少し工夫すればちゃんとわかるし、出来るはずなんです。それを努力せずに諦めないようにしたいと思っています。

栗林先生は「当たり前のことが出来ていないと、誰も大地のことを信用しないし、出来ることも大地には無理かもしれないと思われる」と、言いました。頑張ってもどうしても出来ないことや不完全なものがあるとも言いました。出来ないことは仕方がないけど、やる前から仕方がないと思わないようにしようと思います。助けてもらうこと、手伝ってもらうことを当然のように思わないように気をつけたいと思います。

少し前の僕は「次は何をするの？　どこに行くの？　僕はどうしたらいいの？　僕はどうなるの？」と一日中、言っていました。スケジュール表があっても、これから起きることが心配で仕方がありませんでしたから。でも、一方で一日中レゴや本を読んでいて、ご飯を食べたのかどうかもわからなくなるくらいに没頭の時もありました。一日の予定を自分で考えるようになってからは、そういう心配をしなくなりました。母に聞いたところで「大地の予定はママにはわかりません」って言われちゃうので聞いても仕方がなくなったのも理由の一つです。

学校の生活

二年生までは、ほとんどの授業をおひさま学級で勉強しました。国語や算数の教科の学習は、本山先生と二人で勉強しました。でも、本山先生は「友だちがいないとできない勉強がある。大地には友だちとする勉強も大事だ」と、言っていました。弓代さんは「人の意見を聞いて、それを理解すること。自分の意見を相手にわかるように話すこと。友だちと相談して一つの結論を出すこと」こういうことも大事な勉強だといいました。

それでも、二年生は交流で勉強は無理な感じでした。とても長くは交流にいるのは大変で、毎日は行けそうもありませんでした。後半は、国語や給食は交流で過ごすようにしましたが、三年生になって急に交流で勉強するなんて無理だと思っていました。

でも、意外にそんなには辛くなくて、僕は交流で一日中勉強ができるようになりました。本山先生は「大地は成長した。でも、友だちも成長したんだよ」と言いました。

交流で友だちと一緒に過ごすのは楽しいですが、僕はとても疲れます。それと、みんなにはわかることでも僕にはわからないことがあります。そういうのも考えながらの授業は難しいです。

三年生になって一番最初に困ったのは、掛け算の勉強の時です。たしか…筆算をしていたはずなのに、気がついたら先生は「昨日、娘が風邪を引いたみたいで…おなかを壊して下痢になっちゃったんだ」と話し始めました。僕は掛け算や筆算と先生の子どもが下痢になるのとどういう風に関係があるのかがさっぱりわかりませんでした。そういう謎は休み時間におひさまに帰って先生に確認してみます。どういうことなのかがわかっても、いったんいろいろと気になった頭の中はすっきりしないでモヤッとしています。そういう時は、本山先生がのっそりやってきて、いっぱい体を動かして遊んでくれると忘れられました。そして、次の時間も気持ちよく交流で勉強します。

大事なのは、モヤッとや、イラッとを隠さないことです。そして、出来たらどうしてそういうことになったのかをきちんと報告できることです。それから、ダメだって言われるのがわかっていても「交流に行きたくない気分だよ～」って言ってみるのもよい作戦です。

友だち

僕には教室が二つあります。三年一組とおひさま学級です。おひさま学級の人はみんな二つ教室があります。

おひさま学級は障害のある人やあるかもしれない人ばかりのクラスです。一方、三年一組は障害のない人。みんなが健常者です。同じ小学生で、同じ三年生ですけど、おひさまの友だちと三年一組の友だちはやっぱりどこかが違います。

どっちの友だちと遊んでも僕はとても楽しいのにとても疲れることに気がつきました。でも、僕はやっぱり友だちと一緒がいいです。一人は嫌なんです。話をしたら答えてくれる人がいるのはうれしい。笑ったり、泣いたり、怒ったりも楽しい。最初は不思議だったけど、ひとかけらのチョコレートを見て思うことはみんなが違うことがわかりました。それには正解はなくて、みんなが好きに思っていいこともわかりました。嫌いな人がいてもおかしくはないし。アレルギーで食べたことがないからわからないという人がいました。

それはそれでいいと教えてもらいました。

心も脳みそも体もみんなが違うようです。そういうのも面白いな～と僕は思います。僕はこの一年の間に三年一組にいることが多くなりました。

僕はやっぱりみんなと違うみたいです。僕が面白い時に、みんなは普通の時もあります。みんながどうしてそんなに面白いのかわからない時もあります。僕が辛くてもみんなが平気なものがあります。僕のしていることが、みんなには不思議に思うことがあります。自分のことは自分の口で友だちに説明して「待っていてね」で済みます。それ以外のことは、わからないままにしておかないで聞くようにしています。聞いてもわからないままのものが多いですけど、「みんな違ってみんないいです」から、細かいことは気にしなくて良いと言われれば、そういうことにしておきます。

栗林先生は、僕の言うことを「ふむふむ。そうだよ～」って感じで聞いてくれます。そのほかの先生たちはだいぶ違います。前は「何を訳の分からないことを言いだすの？」って感じでした。最近は「教えてよ」とか「大地にはそういう感じなんだ～」とか、興味津々って感じです。興味津々の先生に話しても解決はできませんけど、僕のことは話しておいた方がいいそうですから頑張って伝えるようにしています。そしたら、次に似たようなことがあった時にちゃんと先生たちは気にかけてくれることがわかりました。

でも、僕は相変わらず話すのが苦手です。なかなか言えないし、言えてもさっぱりと言いたいことが言えないままです。栗林先生は「それでいいんだよ」と言います。そして「最近の大地は必要なことを必要な人に伝えられるようになった」と言いました。

おひさまの友だちと、交流の友だちはやっぱり違います。僕はどっちの仲間と仲良くできることが大事なのかを考えました。母は「自分でよく考えなさい」と言いました。おひさま学級のみんなは、これからも支援学級や支援学校とかに行くし、これからも障害を持っているから色んな人から助けや保護が必要な人たちです。僕も同じなのかどうかわかりませんでした。

僕は障害者になったので、やっぱりそういう風になるのか、中学や高校に行くときは支援学校とかに行くのか、母に聞きました。母は「大地が自分で決めていい。障害のある人にはそういう人を助ける制度がある。それを利用して生活する人がいる。藤家のお姉ちゃんのように制度を利用しながら健常者の人と同じことが出来るなら、出来ることを頑張っている人がいる。制度を使わずに健常者と変わらない生活をしている人がいる。どれも間違いではない。大地の人生なので大地が自分で決めていい」と言いました。

「ママはどうしてほしい？」と聞くと、「大地が決めた人生ならそれでいい。ママに出来ることはない。お手伝いは少しだけしてあげるけど」と言いました。僕は三年生の一年をかけて、自分がどんな生き方をしたいのかを考えることにしました、それによって、どんな友だちとうまくやっていける方法を勉強しなくちゃいけないかが決まると思っています。

今、わかること。僕は友だちと一緒がいいです。でも、友だちと過ごすことはすごく疲れます。それは、交流でもおひさまでも同じです。おひさまに戻れば、トラブル発生！事件が多いし、嫌な気分になることが多いです。でも、おひさまに戻っておひさまの友だちと遊ぶ方が安心します。理由は簡単です。おひさまは友だちの人数が少ないこと。でも、一番の理由はそこに先生がいるからです。

僕は最近になってわかったことがあります。子ども同士より、相手が大人だとそんなには疲れません。おひさまに戻ると、必ずそこに先生がいます。そういう話をすると栗林先生は「大地〜よかったね。いいことに気がついたね。もう一つ先生はいいことを教えてあげるよ。大地が大人になったころ、友だちも大人になるんだよ。大地が大きくなればなるほど、友だちとうまく遊べるようになるかもしれないね。それに、会社には子どもはいないよ。学校の先生になったら子どもだらけだけど」と言いました。これはいい情報でした。

僕は交流のみんなとテレビの話をしたり、芸人の話をしたりして笑いたいと思います。それで、日曜日の朝はアニメを見るようにしています。友だちや妹たちがこういうののどこが面白いのかがわかりません。でも、みんなと昨日見たテレビの話をすることが楽しいです。面白かったところが僕と違うのは新しい発見です。流行っているカードゲームとかは、さっぱり楽しく思えないのでしません。カードを集めたい気持ちになりません。僕が楽しいとか、大好きだなと思うものが同じ人と楽しむのがいいのかもしれません。

でも、友だちが何が好きなのかを知ったり、友だちはどんな風に思ったのかとか感じたのかを知ることが僕には必要な気がします。それから、一番は僕はみんなと一緒がいいと思っていること。そう思っているうちは細かいことは考えないでみんなと一緒にいたいなぁ～と思います。

僕の「心」

僕に来た手紙にこんなのがありました。自閉症の子どもがいるというお母さんの話です。「お話もできないし、心がありません。大地君がうらやましいです」と書いてありました。母が許してくれたので返事を書きました。

「ぼくの友だちには自閉症でお話もできない人がいます。その人は医者に重い自閉症と言われたそうです。自閉症でなくても手も足も思うように動かなくて、お話が出来ないような人もいます。でも、みんなと違う方法だけどお話はみんなが出来て、自分の思いや考えを伝えようと頑張っています。おばさんの子どもはおばさんのように話が出来ないかもしれません。おばさんはその子が使う話の方法がわからないのだと思います。普通の話し方ではないけれど、おばさんと子どもと協力して二人でわかる方法を見つけたらきっと色んな話が出来ると思います。そうしたら、心があることがわかると思います。おばさんがきれいだな~と思うものと、子どもがきれいだな~と思うものは違うかもしれません。僕もママとはだいぶ違うし、友だちとも違います。違うことが面白いと僕は思います。家族や親子で楽しめることがきっと見つかると思います。僕も家族や友だちと色々と頑張っているところです」と書きました。

僕は、自分のことなのに自分で決めるのが超苦手です。よく考えないと、嫌なのかよいと思っているのか、好きなのか嫌いなのかもわからなくなることがあります。

栗林先生は「大地はどう思うの？　心はどうしたいと思っているの」と聞きます。「休みたい」と思っていても、「休んだら損をする」と思うと、本当はどれが本当の気持ちなのかわかりません。それを「どっちの気持ちなのか決められない」と言ってしまって、栗林先生に整理してもらわないと自分の気持ちが見つからない時があります。それを「本音」というそうです。

僕は頭で考えすぎるので、本音をうまく見つけられないし、本音を伝えるのが苦手です。僕にも心がありますけど、それをうまく見つけて伝えるのが下手くそなんです。

栗林先生は「子どもは本能で自分の心をまっすぐ何も考えないで伝えるんだよ。それ自体は普通のことです。でも、内容はダメなこともあってしかられたり、許可が出ないことがあります。それも普通のことです。でも、大地はまだ子どもなので心を見つけたら伝えてみてください」と言いました。

難しいミッションです。考えているうちに僕は大人になって、本音を言う資格が無くなるかもしれません。

お願いする練習

僕は特別扱いが嫌です。僕はみんなと同じことが出来なかったりすることがありますし、下手だし遅いかもしれないけれど、頑張るので仲間はずれにはしないでほしいと思います。出来ないままは嫌なので、出来るための工夫をします。そして、みんなに協力やお願いが必要な時もあります。去年までは、その合図や手助けを本山先生や弓代さんがしてくれました。今年は友だちがしてくれます。おひさま学級以外のほかの先生がしてくれます。だから僕はどういう手伝いが必要なのかを言わなくちゃならなくなりました。

緊張しているときに「はい！」って、突然に合図で僕はパニックになりそうになりました。急に背中を押されたときはパニックになってしまいました。だから、どのタイミングでどんな合図だと僕は助かるのかを話します。大体の人は「いいよ。わかったよ」って言ってくれます。僕がきちんと言えれば、そんなにはみんなに迷惑をかけていないことを友だちが教えてくれました。

おわりに

僕には少しだけわかったことがあります。周囲の人たちは「障害がある」とか「アスペルガーだから…」とかを理由にして差別したり、すごい人のように言いますけど、それは気にしちゃいけないということです。もしかしたら、みんなより得意なすごいところがあるのかもしれないけど、それは普通の事ですから。

その代わりに、僕にはみんなに出来ても出来ないことがあって、だらしないところや怠け者のところやぶきっちょっていう悪いところもあって、でもそれが全部アスペルガーが悪いわけじゃないのかもしれないです。本当にただ苦手なのかも。

いろいろ言う人たちのことは忘れたほうがいいです。栗林先生は「障害があるかどうかは自分で決めていい」と教えてくれました。

頑張れない人たちには障害がない方がいい気がします。その方が障害を、頑張らないことの言い訳に出来ないからです。

頑張りたい人は、障害があると思って頑張った方がいい感じです。僕がそうですから。でも、その場合でも、他人や外野がいろいろ言うことはやっぱり忘れたほうが得です。大事に思っている親や先生と向かう方向性が同じなら、それだけでいい気がします。「先生とママはぶれていない。大地だけが違う認識だよ」と言われると…ドキッとしちゃいますけど、ドキッとしているうちは僕は頑張れそうです。

でも、やっぱり僕は怠け者なので、時々気合を入れてもらったり、お説教されたり、ラブラブして慰めてもらわないと頑張れなくなって、将来の僕はホームレスになりそうですから。

大事な人たちとしっかり話し合いをすることが大事っぽいです。

「障害者」になって考えたこと

障害者になった僕

僕には「アスペルガー症候群」という診断がつきました。そして、「療育手帳」がきました。僕は障害者になりました。僕はどんなに頑張っても死ぬまで障害者です。障害のない人を「健常者」というそうです。「大地が健常者になる必要はどこにもないよ」と母は言いました。それから「障害のない人たちと同じになる必要はないよ」と言いました。

栗林先生は「アスペルガーの大地のままでいいよ」と言いました。そして、「障害があってもなくても、パパやママは大地を一生は面倒見てくれません。先に生まれた人は、先に天国に行きます。だから大地は生きていける強い人になろう」と言いました。でも、「アスペルガーだからこうでなきゃならない」とか「障害がある人はこうでなきゃならない」という決まりはないので、大地が頑張りたいと思ううちはどんどん頑張ろう！　と、先生は言いました。

僕は色々な手続きの書類を書いてもらうために医者の所に行きました。医者は僕に言いました。

「君は養護学校じゃないのかい？　養護学校の方がいいよ」

「普通の小学校に通うのは辛いだろう」

「君には障害があるんだ。将来、無理して働かなくても国からお金をもらって生活することが出来るよ」

「無理して頑張ると他の病気になるから。そういう大人がたくさんいるんだよ。君は頑張らなくていいんだよ」

「君には知的障害はないけど、アスペルガーの人は働くのは無理だね」

そして、僕の書類には「知的障害」と書きました。

僕は医者の話を聞いて、頭の中は「てん・てん・てん」でした。だから、医者に教えてあげました。

「障害があっても働く人はたくさんいます。障害があっても、学校に行ったり働く権利があります。僕は人の役に立つ仕事がしたいです」

医者は母に「無理させなくてもいいから。手続きが必要な時は書類を書きます」と言いました。

医者でも「障害のある人は頑張れない」と思う人がいるようです。僕はかなりビックリしました。でも、栗林先生も医者と話しをしたら医者が変わったことを言うので大爆笑だったそうですから、こういう人の方が珍しいのかもしれません。それから、今までは「知的障害がない」って、言われていたのに…「知的障害」って、いうのも驚きました。栗林先生にも、母にも、医者がどうして知的障害と書いたのかは謎なんだそうです。書類を提出する時に、福祉課のいつものお姉さんも「てん・てん・てん」の顔になりました。知的障害がないと、本当は書類の手続きがうまくいかないのかもしれません。

世の中には、障害があってもなくても頑張りたくない人がいるみたいです。それから、障害者は弱いので頑張れないと思う人もいるみたいです。それから、頑張っている人がいると、イラっとか、ムカっとくる人もいるみたいです。「お前も頑張れよ！」と言われる気分になる人や、頑張る人を応援する人が「頑張れない俺を差別するのか！」と勘違いする人もいるみたいです。

どこかの医者から「頑張れる人は頑張れない人の気持ちもわかってあげてください」と言われました。「頑張れない人は頑張っている人のことは気にしないでください」と、僕は言いたいです。

僕も母も、頑張る人も頑張れない人も…別になんとも思っていません。僕の人生は僕の物なので好きにさせてください。僕は頑張れない友だちのことを考えながら修行するのは無理です。僕には難しいことですから。

頑張っている僕を「そのうち壊れてしまう」という人がいます。

何もしないで人間じゃないより、好きなことをしたいと思います。僕は壊れないように丈夫な体と心を育てたいと思います。たくさん遊んで、勉強して、修行を続けます。

僕のことは僕が自分で考えて決めたいです。まだ、見えないものを選択するには難しいです。見えないことや知らない未知のことを想像するのは難しいです。でも、きっとそういうことも出来るようになる気がします。

僕という自分を理解してもらう。

一年生の時、僕はおひさま学級に行くことにしました。母は懇談会で僕には障害があるかもしれないこと。それで、おひさま学級で勉強することにしたことを言いました。それから、僕はいじめられたり、嫌がらせに会いました。僕だけではなく、母や幼稚園に通う妹も嫌なことを言われました。

栗林先生は友だちやお母さんたちにいろいろと説明をしてくれましたけど、先生は言いました。「先生がいくら話してもわかってはくれない人がいる」

それから、母は「大地はきっと死ぬまで言われるよ。アイツは少し変わっている。アイツには障害があるんだって」でも、そんなことは気にしなくていい。一生懸命に生きていれば、「大地ってこういう奴なんだ」って、わかってくれる友だちが必ずできるといいました。

それから、診断がついたときに栗林先生は「大地は、言葉や行動で自分を伝える努力をしなさい。めんどうだと思ってはいけない」と言いました。

その時にはよくわからなかった話でしたけど、「そういうことだったんだ」って、今はわかります。

僕には直太という同級生がいます。直太は一年生の時から、同じクラスでした。直太はそろばんが得意です。それから、バスケットボールの選手です。体育が得意なんです。でも、直太は一年生の時から、いつも先生に叱られていました。教室の後ろに立たされたりすることもありました。僕と同じで、直太はみんなにはわからない少し難しい話をしたりします。それから、時々ですけど心のコントロールが出来なくて、友だちに暴力をふるったり、大きな声で叫んだりします。

僕は直太にやられたことが何回もあります。そういう直太のことを「あいつは叱られても仕方がないってお母さんが言っていた。直太とは仲良くするなとお母さんに言われた。だから絶交することにした」とか言う友だちがいたこともありました。でも、僕は知っています。直太は優しい人です。直太は先生や友だちから誤解をされているだけだったんです。

一年生の時、縄跳びが出来ない僕は、先生から「あとは大地さんだけです」と、言われていました。学校でも家でも、毎日毎日、練習していたんですけど飛べませんでした。雨が降っても、休まないで練習しました。そうしたら、直太たちが練習に付き合ってくれるようになりました。そして、テストの日までに僕は縄跳びが出来るようになりました。鉄棒の時も直太は「練習するぞ！」って言って、毎日僕と練習してくれました。もちろん、鉄棒も一応は出来るようになりました。

直太は家も近いので、強い雨が降る日や、吹雪の日は玄関のところで待っていてくれます。そして、一緒に帰ってくれるときもあります。自転車が廃車になるくらい電柱に衝突したときは、心配して家まで送ってくれました。次の日の朝、学校までの道の途中で待っていてくれました。

三年生になって、クラス替えがあったけど、直太とはまた同じクラスになれました。遠足とかの僕の苦手な行事の時、直太は言います。「大丈夫だから…明日は休まないで来いよ」

「大地君は大丈夫なの？　無理なんじゃないの？」という友だちに、「馬鹿にするな！大地は頭がいいんだ。漢字は博士だ。なんだってちゃんとできるんだ！」って、怒ってくれました。

今年は、跳び箱の時には助けてもらいました。「大地は飛べるから、おれの後ろをついてこいよ」って言って、僕の前を何十回も跳び箱を飛んでくれました。汗をいっぱいかいて、直太も僕もハーハーって、息が切れて苦しかったけど、僕が飛べるまでずっと付き合ってくれました。僕が飛べた時に「飛べるじゃないか！」と、直太は言いました。

スキーの時も、「先にリフトで上に行っているから」って言って、上にやっと着いたら「下で待っているから」って、先に滑って行っちゃったけど。「大地はスキーが超うまくなったね」って、言ってくれました。

男同士だから、ベタベタしたり、余計なことを言ったりはしないけど…直太は大事な仲間だな～って思っています。一年生の頃は、直太にいじわるされたり、泣かされたこともあったけど、友だちとか仲間ってこうやって作っていくんだな～と思います。

三年生が終わる今、直太のように黙って僕を信じて待っていてくれる仲間が何人か出来ました。「来いよ！」とか「任せたぞ！」とか、言われると嬉しい気持ちになります。

読めない漢字を聞いてくる友だちや、意味を聞いてくる人もいます。僕は「漢字博士」と言われています。

どんなに先生が説明してくれても、どんなに僕が頑張って学校に通っても悪く言う人は悪く言います。「どうせアイツはおひさまだから…」とか言われると、ガックリします。それから、おひさま学級にいるというだけで、学校の中では結構目立ってしまうし、知らない人も僕の名前を知っていたりします。それから、悪気はないけれど、ビックリするようなことを普通に言う人もいます。それはどういうことかっていうと、「大地君はおひさまにいるよね。本当は馬鹿なの？」とか「おひさまは障害者の集まりでしょ。それって、可哀そうだね」とかです。

時々言われると「またかよ」と思う時もあります。でも、悲しい気持ちにはなりません。

僕は、そういうことを言われたときの対処方法を教えてもらいました。教えてくれたのは栗林先生と母です。母は嫌なことを言われた時、ビックリするようなことを言われたときにどんなふうに返事をしたらいいのかを教えてくれました。

母は、「障害のある人を助けてあげようと思う気持ちは間違っていない。でも、大地が助けは今は必要がないと思うならそれはちゃんと伝えたほうがよい」と、言いました。それと「自分は不幸ではない、馬鹿ではない、可哀想じゃない、と、思うなら、それもちゃんと相手に伝えたほうがいい」と、言いました。だから、僕は「おひさま学級にはバカな人はいない。みんなと同じ人間で、みんなと同じ小学生だよ」と、話すようにしています。

栗林先生は「大地の心を傷つけるようなことを言う人は、名前を覚えておいて栗林先生に報告すること。栗林先生は人の心を平気で傷つけるような奴は絶対に許さない」と、言いました。三年生の中では中村先生が「大地がおひさまにいること。頑張っていることを馬鹿にするやつがいたら、先生がやっつけてやる」と言いました。

嫌がらせをされたり、いじめられない対策も必要かもしれないけど、やってしまう人や言ってしまう人にも理由があるんだと思います。それが間違いなら直してあげるのも、その人たちの勉強かもしれないと僕は思います。障害のある人もない人も、同じ地球の同じ日本で生活しています。障害を理解してもらうより、僕自身をわかってもらうほうが楽しく生活できると思います。障害のある人、ない人を分けるよりは、一緒にできることをしたほうがいいです。社会はそういうところですから。

でも、やっぱり誤解されて嫌なことを言われることがあると思います。その時にどうしたらよいのかを知っておけば、変に傷つくことはなくなります。

実は、僕のことで妹たちも嫌なことを言われる時があります。その時にはどうしたらいいのかを妹たちも教えてもらっています。でも、林檎は「人を馬鹿にする奴は、林檎が回し蹴りでやっつける！」と言いました。結構、過激でビックリです。

障害は「武器」や「盾」にはならないようです。生きていくにはやっぱり得ではないです。損なことなので「障害」というんだと思います。でも、障害の部分も僕の一部なので、嫌いにならないで味方にしようと思っています。

交流学級

交流学級は三年一組です。担任の先生は中村先生です。三年生は交流に行く時間が増えました。っていうか、増やしました。なぜかというと、少しは成長したことを確認したかったからです。「今日は絶対に何があっても交流にいるぞ！」という日を作りました。それは、自分の心の決心です。いくら栗林先生が「いいの？　大丈夫なの？」と言っても、気持ちは「そんなの関係ない！」だったので「ダメだったら戻ってくるよ」って、言っておきました。

はじめの頃、友だちは妙に親切でした。「大地さん、大丈夫？」と聞く人や、出来ることでも手伝ってくれる人がいました。班活動とかでは「大地は出来ないんじゃないの？」とか「大地にはわからないんじゃないの？」とか言われました。「ああ、そういう風に思われているんだな」と、思いました。

おそらく、中村先生は友だちがそういう風に思っていることを知っていたと思います。

僕の考えや意見をどんどんと、みんなの前で発表することをさせてくれていたみたいです。みんなと少し違うことを言ったり、少し違うやり方をしていても「いいよ！　いいよ！」と、言いました。クラスの代表にも選んでくれたし、「大地は頑張っているな！」という時もありました。時々、「大地は凄いな！」とか「大地は頑張っているな！」という時もあったし、漢検の合格を喜んでくれました。

だんだんと、みんなの気持ちが変わってきた感じです。クラスで何かあった時に、「仲間の一人だからね」とか「おひさまじゃなくて三年一組にはずっと居れないの？」と言ってもらえることは嬉しいことでした。中村先生は友だちみんなに説明をしてくれました。「大地には三年一組で勉強することの他におひさま学級でも勉強しなくちゃいけないことがあるんだ。先生は大地を応援しています」

友だちから「おひさまにいる頭のおかしいやつ」「おひさまにいるのは馬鹿ばかり」と言われることがなくなりました。

チームワークが必要なこと。クラスみんなが頑張らないといけないこと。どんな時にも仲間に入っています。得意なことは選んでもらえるし、苦手なことは助けてもらえます。

みんなと協力したり、仲間を応援したりするのは楽しいです。馬鹿なことを言ってふざけたり、みんなで走ったりゴロゴロ転がって遊ぶのも楽しいです。楽しいと思うと、出来なかった跳び箱が跳べたりします。ポートボールも楽しすぎて、ずっと笑っちゃいます。下手でもみんなとサッカーで試合が出来るようになりました。逆上がりは出来ないけど、体育は楽しいです。

どんなにみんなが「ずっと三年一組にいろよ！」と言ってくれても、まだ無理です。本当に疲れてしまいます。でも、もう少ししたら交流で勉強することが当たり前になりそうな気がします。

おひさまの友だちは「生活」や「なかま」、「音楽」の時間を交流に行く人が多いです。そして、国語や算数はおひさまで勉強します。僕は反対です。国語、算数、理科、社会とかを交流に行くようにしています。これは、みんなが無理しないで友だちと楽しく勉強できるための作戦で、先生達は契約しているそうです。

今まで、交流で勉強していたり、「もう帰りたい！」と思う時は、交流の勉強は中止しておひさまに戻っていました。そういうことは、これからは禁止になりました。交流で勉強すると決めた国語と算数は交流にいないといけません。そして、調子が悪くなったり、困った時には中村先生と相談して解決することになりました。中村先生は「まかして下さい！」と言ったそうです。それから、交流で頑張ることについて栗林先生は「失敗していいよ。失敗しないとわからないこともあるよ」と言いました。だから、やってみようと思っています。

たぶん中村先生は「大地には障害があるから」と、思っているので悪い特別扱いを時々しちゃうんだと思います。みんなが出来る当たり前のことをものすごい勢いで「すげ〜な！大地はちゃんと出来るんじゃん」と、言います。おそらく、中村先生は「大地は出来ないことが多い」と、思っているようです。でも、クラスで一番、下手くそかもしれないけど…僕は色んなことが出来ます。

母は言いました。「特別扱いが嫌なら、自分のことくらいは出来る人になろう。当たり前のことが出来る人になろう。約束を守る。忘れ物をしない。遅刻をしない。身なりを整える。これが出来るようになれば、誰も大地だから仕方ない。大地は出来ないとは言わなくなります」

栗林先生が「出来るようになりなさい」ということが出来るようになれば、僕は特別扱いがなくなるかもしれません。だったら頑張りたいな～と、思います。

僕は気がつかなかったけど、言われてわかったことがあります。僕は結構、ダメダメでしたけど…ある日突然にいろんなことが出来るようになってきました。最近知り合った先生たちやお母さんたちは、ダメダメ大地の頃が信じられないくらいなんだそうです。自分では変わったようで…変わっていないようで…変わっていないとやばいんじゃないの！って、感じですけど、周りの大人にはそう見えているようです。

嫌なことを言われていた時のことを考えると幸せです。それと、クラス替えでそういう人と別れることになったのもよかったです。

「名誉健常者」と、蔑んだ呼び方をしないでください。

僕のように、「社会の中で働く大人になろう。友だちと一緒に勉強したり頑張れる人になろう」と、頑張っている人や応援している人を「名誉健常者」と、呼ぶ人たちがいます。この言葉を使っているのは、自閉症の子どもを育てているお父さんやお母さんたちです。その人たちが、僕たち自閉症の人たちを「名誉健常者」と呼んでいます。いつものことですが、ネットで特集を組んでいるそうです。そういうことが起きると、僕のところにメールが届きます。

「『名誉健常者』と、呼ばれて平気なのか！」

平気なわけがありません。決して、良い意味で使われているわけじゃありません。障害があるけれど健常者の中で頑張ろうとしている人を馬鹿にしているのですから。僕の知っている人たちは、僕も含めて「健常者になりたい」という人はいませんし、「健常者を目指して！」と、言う人もいません。でも、「社会の中の一人になりたい」と、みんなが願っています。

それって、普通のことのように思います。挨拶をすること。働きたいと願うこと。おむつではなくてトイレに行くこと。ご飯は箸やスプーンなどを使うこと。そういうことが出来るように努力することも「名誉健常者のロールモデル」とかいうそうです。

どの国にも「自閉症の国」とか「障害者だけの世界」なんてありません。子どもも大人も、健常者も障害者もいろんな人がいるから社会です。得意もあれば、苦手もあります。助けが必要だったり、助けてあげたりするものです。助けてもらうばっかりで、挨拶もしないし、トイレにもいかない人はそれはそれでその人たちの生き方です。

本山先生は「努力している人、頑張っている人を馬鹿にしてはいけない。応援してくれなくてもいいよ。でも、邪魔はするな」と、僕を笑う友だちに言ってくれました。それと同じだと思います。それと、「人間なんだから、人として幸せになろう」と、言ってくれました。

僕たちは障害がありますけど、人間です。障害があるからこれくらいでいいとか、こういうことは無理とか、そういうことではない気がします。僕たちも友だちと一緒がいいんです。そのためには、挨拶くらいは出来たほうがいいし、食事のマナーくらいは守れたほうがいい。きっと、みんなも同じように考えていると思うんです。

頑張って努力している人を馬鹿にして差別する「名誉健常者」という呼び方はやめてほしいです。

「修行は大変ですね」と言われると

「修行は大変だ〜」と思ったことはありません。「やりなさい！」とか、そういう命令はあまりないです。母がうるさく言うのは「自分のことは自分で出来る人になる。みんなが守るルールは大地も守らなくちゃいけない」の一つだけです。栗林先生はとにかく細かいです。立っている時の姿勢とか、支度をしている時のスピードとか、どこを見ているかとか、体のどこを意識しているかとかです。

「出来ている。出来ていない。出来た方がいい。今は、このくらいでいい」を教えてくれる所がきっとみんなと違う所です。僕は反抗期なので、栗林先生にも「意味わからない」とか言っちゃいますけど。それは「大地の気持ちはどうなのさ」とか「大地はどこで判断するのさ」とか言われるからです。そういうのがサッパリわかりません。そういう時には「あのね大地…」から話は始まります。そして「必要の反対はなんなのさ」とか「損の反対は？」「無駄の反対は？」とかを聞かれます。

おそらく、見えないことや自分の頭や心を知って自分で決める練習なんだと思います。これが母なら「決めてくれればいいじゃん！」と言えますけど、「大地の学校のことです。ママは知りません。自分で決めるか、学校で相談してください」と逆襲です。本当に親切な人ではありません。でも、「やりたい！」と思うことは、とことんつきあってくれる大人が集まっています。「やりたい！」とお願いしないと誰も何もしてくれません。

栗林先生は「やらなきゃならないことは他の三年生と同じです。方法が違うだけです」と言いました。それから、その方法は先生たちや母だけが考えるんじゃなくて、自分でも開発してくださいって言います。

あとは特別なことはあまりないと思います。お絵かきを鉛筆じゃなくて筆ペンでしたり、テレビを見ている時にトランポリンの上に立ってみるとか。芝生の公園で裸足になってみるとか。そういうのが修行です。あとはゲームやダンスにしちゃうので、それはバカっぽくて笑えます。折り紙や工作や粘土とかもしますけど、基本的には自由です。母がそこから問題点をみつけて、次の遊びにしてくれます。

みんなと違う所の一番は「工夫している」所だと思います。着替え、着替えの管理、朝の準備、授業のノート、なんでもです。僕が先生やほかの人に色々言われなくても、自分で出来るように工夫は色々してくれています。それは、表を作ったり、道具を変えたりです。

「簡単に改善できることは何でも試してみよう。ダメならまた考えればいいしね」と、栗林先生は言います。学校では筆入れ、給食の三角布、朝の準備の表、スキーの準備の表など、少しだけ僕用に工夫してもらっています。家では、箸、僕専用のお皿、一日の予定表、勉強スペース、パーティション、忘れ物対策、押し入れに作った基地、お風呂の手順がわかる道具置き場…妹たちとは違う工夫がいっぱいです。

そういうことが大変なことだと思う人がいるのかもしれませんが、いちいち訳のわからないことで叱られるよりはいいことだと思います。何もしないより何でも試してみて楽しいのが一番です。

少しの工夫で出来るのに、「無理だね」で諦めるのは僕的には嫌です。

東日本大震災

三月一一日。学校からの帰り道。東北を中心に日本を大地震が襲いました。僕はめまいなのか、耳鳴りなのか、全く訳がわからない変な感じになりました。変な感覚が収まって急いで走って家に向かいました。母が玄関のところにいました。

家に入ってテレビをつけると、テレビは警報を鳴らして「東北地方に地震です。津波の危険があります。避難してください」とアナウンサーが言いました。そして間もなく津波の映像でした。走る車を追いかけるように津波はやってきました。どんどんと街を壊していきました。車も家もお店も電柱も船もみんな丸ごと壊していきました。僕は悲鳴を上げました。

家の電話も携帯もつながらなくなりました。テレビは恐ろしい津波の映像が何度も何度も繰り返し流れました。そのうち僕は熱が出てきました。「日本が変なことになったからだ！」と思ったけど、母がすぐにインフルエンザとわかって病院に連れて行ってくれました。僕は四日間、40度近い熱が出て、ご飯が食べられなくなりました。その間も、24時間、テレビでは津波の被害についての映像ばかりでした。そのうちに火事が起きました。もう日本はとんでもないことばかりでした。

テレビより先に、僕の周囲では地震の被害者を助けに行くという話が出てきました。お父さんが自衛隊の人たちです。それから、地震の数日前まで仙台にいた父もすぐに現地に向かう準備を始めました。テレビでは被害の大きさばかりでしたけど、身近な大人たちの間では、救助とか復興の準備がすぐに始まっているようでした。

「もう十分だから見ない方がいいよ」と、母は言いました。でも、僕は現実を確認しないと、不安で心がパンパンでした。悪いことばかりのニュースと、悪口ばっかりのネット情報はあてにならないと思いました。

大変な被災地で頑張っている人はどうなっているのかを確認したくてテレビを見ていました。新聞も読みました。お昼の情報番組に、サンドイッチマンと生島アナウンサーが出ていた時がありました。地震のその時、被災地にいた芸能人です。地震の様子と、必要なテレビ番組と情報について話をしていました。「避難所にいる人たちの顔と声をどんどんテレビで流してほしい」と言いました。

その頃から、テレビが変わっていきました。相変わらず余震が続いていて、福島の原発が大変なことになっていたけれど、誰かを責めたりしないで頑張る人がテレビの中にいました。僕はビックリしました。それは被害にあった人が遠く安全な場所にいる家族に「こちらは心配ないですよ。大丈夫です。体に気を付けてくださいね」と、思いやるメッセージを送っていたからです。

今年一年を東北で仕事をしていた父は「東北の人は冬の寒さのように強くて、春の訪れのように優しい。厳しい気候の中で、我慢強い人が多いんだよ」と、教えてくれました。家も家族も無くしてしまった人がたくさんいますが、きっと新しい街づくりをしていくんだろうと思います。

僕は僕にできることで協力していこうと思っています。物資を集めるところや学校には、ティッシュペーパーを寄付しました。テレビで見た時にごみを集める中学生が箱の始末に困っていたので、ティッシュは箱ではなくエコパックに入ったものを用意するようにしました。それは大体２００円くらいです。箱ティッシュより安価です。募金は給料の中で１

回10円までのルールでしています。でも、本を買うために貯めていた三月と四月の給料は全部募金に使ってしまいました。毎日、色んなところの箱に募金しました。

それには理由があります。津波で、教科書やランドセル、僕のように本が好きな子どもは宝物の本が無くなったんだと思います。僕の給料は本のためでした。僕は今までの本は部屋にちゃんとありますから、僕の給料がみんなの本になったら避難所もきっと少しは楽しい気持ちになれるかもと思ったからです。

全部のお金を使ってしまったので怒られるかと思ったけど、父は「そうかい。大地のお金で買った本がたくさんの人に読んでもらえるといいね」と言ってくれました。

日本は地震と津波の被害で、これから復興が始まるそうです。僕が大きくなるように、東北も今までより大きく美しい新しい街づくりが始まるそうです。どんな街を作っていくのか…楽しみです。

藤家のお姉ちゃんが就職を決めた

三月はインフルエンザになるし、大地震が起こりました。地震と津波の被害は青森から栃木、茨城の方まで大きな被害が出ました。ニュースは暗い話題ばかりでした。

そんな時に、嬉しいニュースが入りました。藤家のお姉ちゃんが就職を決めました。障害者の枠ではなくて、一般就職なんだそうです。

お姉ちゃんが書いた本を読んだ人は、今までにどんなに大変な思いをした人なのかを知っていると思います。お姉ちゃんはそれでも諦めなかった人です。みんなが当たり前にもっているものは自分の手にも入るはず。「自立しよう。当たり前のことができる人になろう」との思いで頑張り続けました。

失敗をたくさんしました。邪魔をする人や、理解してくれない人もいました。でも、お姉ちゃんは必死に自分のやるべきことをやり続けました。そして、みんなより少し遅れちゃったけど、お姉ちゃんは念願の就職を手に入れました。

僕はうれしくて泣きました。涙がどんどん出ました。オイオイと声を出して泣きました。

いつか僕もお姉ちゃんのように働く大人になろうと思いました。

人が働くことが当たり前なら、僕も働きたいと思います。

もうすぐ四年生です。

おひさま学級の先生は、栗林先生以外はみんな違う学校に行ってしまいました。今までの春休みは、いろんなことが変わるので不安で心配で死にそうでしたけど、僕は心配でもパニックにはならないし、死にそうにはならなかったです。しつこく栗林先生にメールで攻撃も我慢しました。でも、家では「どうなるの？　先生たちが変わったら大丈夫なの？どんな先生なの？」と母に聞いてみました。聞いたところで母にもわかるはずもないのは知っていますけれど、言わないと気が済みません。

そして、四月になってからいつものように栗林先生に会いに行きました。交流の先生は中村先生で同じです。でも、おひさま学級はやっぱり先生が変わりました。今度の先生は「博士先生」です。博士先生と新しい修行が始まります。

お家でできる修行

家族について

林檎と苺

二人は僕の妹です。小さかった妹たちは大きくなってきました。「にいに！　にいに！」と泣いてばっかりだったのに、最近はずいぶんと強くなりました。それから、僕の助けをしてくれるようになりました。お世話していた僕は最近は妹たちのパワーに負けます。妹たちは超うるさいですし、超しつこいです。「時間割は？」「ハンカチは持ったの？」「シャツが出ているよ」「洗濯物の干し方が悪い。これでは皺が出来ます」とか、本当にうるさいです。

いつでもどこでも邪魔になったり、泣いてばっかりだったのに…部屋に籠っている時にはそっとしておいてくれたり、帰りが遅いと途中まで見に来てくれます。体のトレーニングや運動会の練習に付き合ってくれます。半端ないくらい厳しいし、妹は踊りやダンスが得意です。でも、玉拾いをしてくれたり、一緒にマラソンの付き合いをしてくれます。妹がいてよかったと思う時もあります。

最近、妹は文字が読めるようになったので本を読んであげることがなくなりました。大きくなってきたので、一緒にお風呂に入ったり、一緒に寝ることがなくなりました。僕は男で妹は女なのでしかたがありません。でも、お互いに大人になるのはさみしいことだな～と、思います。

林檎は四月には一年生です。初めての学校は心配がたくさんあると思います。僕は兄ですから、妹を守ってあげたいです。

僕がおひさま学級にいるので、林檎は友だちに「林檎の兄ちゃんはおひさまにいるんでしょ。馬鹿なの?」って、言われたことがあります。林檎がそんなことでいじめられないように、僕はしっかり頑張ろうと思います。

パパとの約束

三年生の一年間。父は東北地方へ単身赴任でした。色んなことに挑戦する僕に父は言いました。「ほかの誰かが決めたんじゃない。男なら自分で決めたことは最後までやり通せ。途中で投げ出すくらいなら最初からするな。そんな格好の悪いことはない。途中で失敗に終わると思っても最後まで必ずやり通せ。結果にこだわるな」って、言って一人で東北に行っちゃいました。

なんて無茶なことを言う人なんだろうと思いました。でも、すぐにその意味がわかりました。今年は漢字検定に挑戦したんですけど、覚えた漢字を四角の中に書けなくて嫌になりました。ひらがなの大きさをそろえられなくて嫌になりました。細かいところが出来ていなくて、答えを書いているのに0点が続いた時も嫌になりました。でも、父は「合格することが目的ではない。投げ出したい気持ちを踏ん張って最後までやり切れることが大事だ。間違ってもいいし。失敗してもいいんだ。やってみないと何にも始まらない」と言いました。父が教えてくれたことが、僕をずいぶんと楽な気持ちに変えてくれました。父はいなかったけど、途中で投げ出さないで、いろんなことに挑戦することが出来ました。

頑張りたくない人はそれはそれでいいと思う。僕は頑張ってみたいと思います。頑張ろうと思う気持ちがあるうちは頑張り続けたいと思います。

お家での工夫

自分のことは自分がわかっているようにすること

学校でのことをグズグズ言うと「学校に行っているのは大地です。学校は大地の世界ですからママには関係がありません。学校で解決してくださいね」と、母に言われます。逆に家でのことを学校に持って行ってはいけないといわれました。それは難しいことではありませんでした。スイッチすればいいだけです。

それでも、バランスを崩した体はどうにもなりません。一反木綿のようにふらふらしても、部屋にこもっていたい気分の時も、母は叱ったりはしません。ただし、条件があります。自分の仕事だけはすること。家族と一緒にご飯を食べること。ハムスターの世話をすること。明日の学校の準備をすること。それだけはきちんとしないといけません。

細かいことをごちゃごちゃ説明しなくても、父や母は僕の一日の予定表を見ればわかるそうです。

一日の予定表は冷蔵庫の横にあります。そこには、カードが貼ってあります。貼るのは僕です。朝起きてから夜寝るまでの予定を貼ります。時間は決めていません。学校に行くまでに終わらせること。学校から帰ってきたらすぐにすること。6時までにすること。寝るまでに終わらせることに分けてあります。ここの管理は僕がします。隣には林檎のカードが貼ってあります。林檎も自分で管理しています。

それから、ウォールポケットで一週間の予定をメモして入れています。ハンカチとティッシュもそこに入っています。ここの管理も僕がします。ママは一切、手伝ってはくれません。忘れ物をしたり、自分が何をするのかわからなくなってしまったら、それは僕の失敗です。僕は予定を管理するのに一か月は長すぎます。心配になってしまうし、カレンダーばかり見ているので一週間だけになりました。林檎は一か月の予定管理です。

大事なことは「ぼくは何したらいいの！」と、パニックにならないために自分で自分のことがわかっているようにすることです。

家での勉強

家での勉強は母がプリントを作ります。それは学校の勉強とはだいぶ違います。筆算とかは位取りが出来るための練習や、繰り上がり繰り下がりのメモのとり方を勉強します。計算とかはあまりしません。読んで考えたり、想像する勉強はよくします。あと、触った感じ、においをかいだ感じ、聞いた音はどんなふうに聞こえたのか、色んなものに色んなことをして僕がどう感じたのかを聞かれます。不正解はないそうです。そして母の感じ方や妹たちの感じ方を聞きます。

それから、本に出てくる場面を劇のようにやってみたりします。とぼとぼ歩く感じや、しょんぼりした様子とかを実際にやってみたり、誰かがやっているのを見ます。それから「もしこれが大地だったら…」と聞かれます。こういうことで嫌だったり、怖かったことが、実は何でもないことがわかったりしました。それと僕と他の人がずいぶん違うことがわかりました。日本語が面白いこと。深い意味があることも知りました。

家でのトレーニング

少し前はたくさんの時間がありましたが、大きくなった僕は家で過ごす時間が減りました。だから特別なことはあまりできなくなりました。そのぶん、普段の生活にトレーニングにもなるよってものが増えました。

大体がお手伝いの中にあります。じゃがいもの皮をむいたり、餃子を包んだり、洗濯物を畳んだり、窓を拭いたりとかいろいろです。そして母は一個だけミッションをくれます。今日はタオルの角がピシッとあっているようにしてね。とか、雑巾は両手に持って平泳ぎのように動かしてね。とか、右手は上から下に、左はくるくると円を描くようにとかです。

あと、モップは手を前にいっぱいに伸ばしたら前の足に体重を移動させてねとかも言います。最近はモップがお気に入りです。テレビショッピングに出ているクルクル回るやつです。最初はうまくいきませんでした。脱水にはペダルを6回踏みます。床と壁も拭きます。手を大きくたてに動かすのがコツです。チョークや水性クレヨンで目印を描きます。モップはもう、妹たちと取り合いになります。

基本はママのお手伝いをしながらのトレーニングです。それと、リビングではゴロゴロしないようにソファーが無くなりました。ゴロゴロとダラダラしたいときは自分の部屋でします。テレビはあまり見ませんけど、見るときはトランポリンの上やパウダークッションの上に立ちます。僕にはそういうことが大事みたいです。

あとは僕がしたいことをママにトレーニングにしてもらいます。それは運動会の徒競走やヨサコイのためだったりです。スキーのためだったりです。跳び箱やキャッチボールのためだったりです。走る練習はしません。でも、なぜ転ぶのかとか、なぜボールが捕れないのかとか、そういうことを教えてくれて、出来るためには何が必要かを考えてくれます。僕に色んなことが出来るように家族で協力してくれます。

体が動かない時、朝から調子が出ない時、そういう時はストレッチをするように言われています。それに少しでも時間が出来たらストレッチをするように言われています。最初にストレッチがいいと言ったのは本山先生です。それから栗林先生はヨガのようなゆっくりした動きの運動をしなさいと言いました。

ママはスポーツ医学の医者や体の医者の色々と聞いたり、勉強に行ってきました。そしてラジオ体操よりもストレッチが大事だと言いました。それと僕のことを見た医者は体幹を鍛えるべきだといいました。そして、僕は自分で腰割というトレーニングを見つけました。父が家にいると、柔道の寝技のようにじゃれじゃれしながら体を触られたり、のばされたりします。それもトレーニングなのかもしれません。

あとは色んなものを触ってみたり、裸足で歩いてみたり、匂いをかいだり、普段は気付かないことを色々とみつけてみようと父は言います。そしてお絵かきは、最近は絵手紙です。野菜や花をいろんな角度から見て気に入ったところに注目してはがきの中にでっかく書きます。それを僕は筆ペンで下書きして、顔彩で色を塗ります。林檎は割り箸で作った割ペンで、苺はマジックで書きます。そして固形絵の具で色を塗ります。その時に心に感じたことを一言だけ書きます。これが面白いです。

僕はいろんなことを経験したり体験するのが大事なんだそうです。そして「心」や「体」がどういう風に感じたのかを大事にしないといけないそうです。それから、他の人はどんなふうに感じたのかを聞けたらもっといいそうです。

家の中の工夫

たぶんいろんな工夫があると思うけど、当たり前になったので僕にはわかりません。でも父も母もあまり手伝ってはくれません。あまりじゃなくて、ほとんど手伝ってはくれません。学校や幼稚園の支度はそれぞれがやらなくちゃいけません。出来るための工夫はあります。鞄にしまうものが表になっていたり、引き出しの上から順番に出すようになっていたり、全部で何個入るとかわかるようになっています。

僕の家は父がいないことが多いです。家出ではありません。仕事で出張に行くのです。大体が母と僕たち兄妹です。だから僕たちは家族で協力し合わないといけません。それから自分のことは自分で出来ないといけません。それから食事は家族そろって食べないといけません。食事の時間までに、今日の仕事と明日の準備とお風呂が終わっていないといけません。そしたら、夕ご飯の後は母とたっぷり話をしたり、遊んだりできます。栗林先生は「大草原の小さな家」の家族みたいになってきたねって言いました。僕もいつかそうなればいいな〜と、思います。でも、車がいいです。馬車は嫌だな〜と思います。それは暴走とかが怖いからです。

ケンカをしたら事情聴取があります。全員がママの前に座ります。誰がどこで何をしていたのか、何を言ったのかを聞かれます。その時の気持ちとかを聞かれます。そして、どうしたらケンカせずにできたのかを三人で考えて報告しなさいと言われます。そしたら僕たちは兄妹会議をします。そしてケンカにならないようにするにはどうしたらよかったのかを相談してやり直しをします。最近は妹たちは超威張って、その上偉そうなので僕はムカッと来ることが多いです。それから、妹たちの買い物の付き合いが嫌です。理由はなかなか決められなくて長いからです。

父は普段はあまり細かいことを言って怒ったりゴチャゴチャ言いません。でも、ママに口答えをしたり、「ちぇっ！　全くうるさいな〜」なんて気がつかないうちに口から言葉が出てしまうと、「ここに来なさい！」と言われます。ママに口答えをしたり、協力しない時には説教です。普段は怒らないくせに、たまにする説教は超長いです。ママは「いっぺんにいろいろ言っても混乱するからいい加減にしなよ」と言って助けてくれます。そうなるとパパの寝技が来ます。あちこち体をモミモミです。それとチュ〜と髭ゴシゴシ攻撃が来ます。

あんまり家にいなくて、いても夜勤や夜の移動の後とかで忙しい父ですけど、時間があれば一緒に公園に行ってボールや鉄棒をします。僕がむきになって練習しちゃうと父もむきになってしまいます。そしたら松岡修造の世界です。僕が出来なくて悔しくて泣いちゃったりすると「泣いてできるようになるのか！」と言い出します。「声を出していけ！気持ちで向かって来い！」とか言うので、僕は笑っていつも死にそうになります。

母と違って、父はスヌーズレンや部屋に閉じこもっている僕が嫌なようです。すぐに「そろそろ出てこいよ！」と呼ばれます。「もう30分も休んだから大丈夫だよ。パパの相手をしてよ～」とか言って、ストレッチとか体を一緒に動かします。相撲をしたり、組体操をします。でもすぐに寝技になってモミモミとチュ～攻撃にあいます。

僕の家族。父は強くて、厳しくて、優しくて、忙しい人で、面白いです。母は頭がいいと思います。他のお母さんと優しいところが少し違います。それと頑張る人です。妹たちは、可愛い顔しているのに、おしゃべりで、わがままで、生意気です。でも僕はこの家族が好きです。

父や母が僕を大事に育ててくれていることを僕はいつも大事に思っておこうと思います。それから、いつも僕を助けてくれる二人の妹を守ってあげられるお兄ちゃんになりたいと思います。

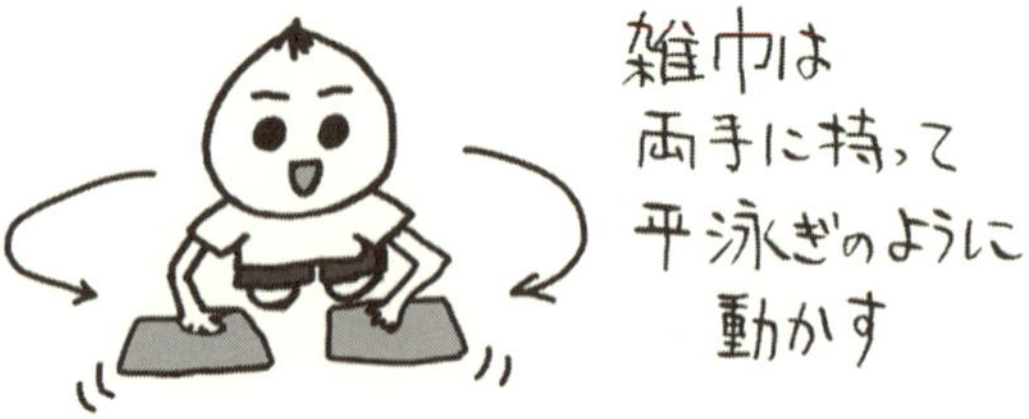
雑巾は
両手に持って
平泳ぎのように
動かす

冷蔵庫にメモ

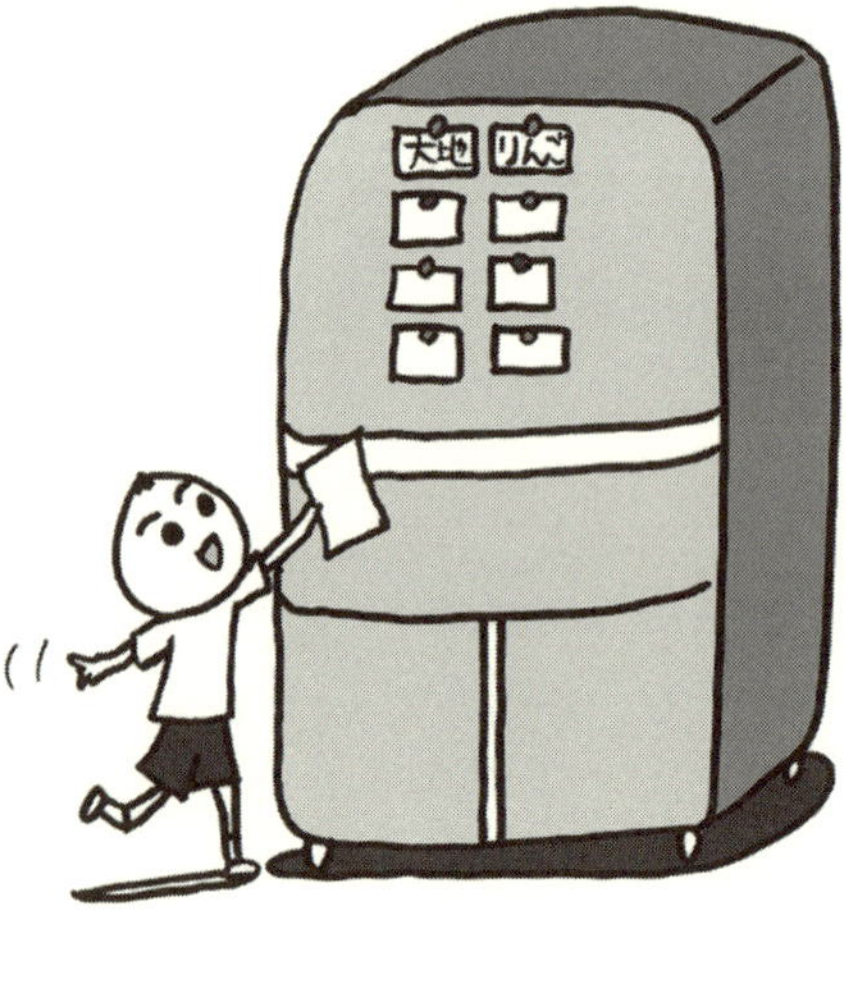
大地
りんご

モップは
手をいっぱいに
前に伸ばしたら…

前足に体重をかけ

脱水には
ペダルを
6回踏みます

家庭で役割を持つ

栗林先生と出会い、最初に聞かれたことの一つに「大地君は家庭の中に役割がありますか?」というのがありました。小さいころから大地も二人の娘も家のお手伝いをさせてきましたが、栗林先生は「幼い時から、家庭の中で役割を持つということには大きな意味があるよ。今は種明かししません。でも、続けていればお母さんにもわかるよ。大地にはすごく大切なことだよ」とおっしゃいました。

今、私にも「家の中で役割を持つ」という意味がわかったと思っています。そして、最初は単なるお手伝いも、我が家の中では大きく変わっていきました。

これから、ご紹介する我が家のお手伝いの工夫はそっくりどこでも使えるものではないと思います。それでも、私が実践している工夫や設定が皆さんのお役に立てればいいなと思います。

お手伝いに際して気をつけていること〈準備編〉

①「お手伝い」の目的を考える。

「お手伝い」はあくまでも「お手伝い」であることを忘れてはいけないと思っています。家事を覚える目的なら、ここに完ぺきを求めてもいいのでしょうが、そうでない限りは多くは望まないことが一番だと思います。我が家のお手伝いの目的は、「毎日、休まずに自分の仕事ができる」で考えています。しかし、時にはこのお手伝いが一日の時間の流れを知るきっかけになったり、コーピング効果を担うこともあります。

②「お手伝い」の内容を考える。

あれこれ考えると、何もできないように思い「うちの子には早い」と親ならば諦めたくなると思います。私は「出来ない」ことを前提に考えています。今の大地には絶対に出来ない。でも出来る方法があるはずだと考えます。最初から難しいことをさせるのは親も子どももしんどいので、食事の前のテーブル拭きやセッティング、新聞を持ってくる、洗濯物を運ぶ、洗濯物を仕分けする、こういった単純作業から始めるのがよいかと思います。

子どもに仕事を与えるということは、親も覚悟を決めないといけません。正直、完成度が低いことが多くやり直しが必要になったり、準備や後片付けも大変で手間がかかります。自分でやった方が早いです。モタモタしていたりグズグズしていることも多く、時には危なっかしい姿に、思わず手も口も出したくなります。

どこまで声をかけるのか。どこまで手を貸すのか。その線引きが大事です。親はいつまでも手を貸してあげることはできません。成長とともに親の手から離れる時間が増えてきます。不器用でも下手くそでもそれなりにしなくてはいけないことを覚える必要があります。うまく出来ないことを叱ってばかりでは子どもの方は嫌になります。でも、出来ないことをそのままではいつまでもいい加減な完成度のままです。叱りすぎはダメ。ほめすぎもダメなようです。

私は、子どもたちが「してやっている」「やらされている」と思うことのないように気を付けています。

③「お手伝い」の合図を考える。

お手伝いをさせる時には、お手伝いを開始する合図について考える必要があります。家事は大体の時間が決まっています。食事の支度を始める時間。食事の時間。お風呂の時間。どの家庭でもある程度の時間は決まっているのではないでしょうか。

しかし、子どもたちには時計を見ながら仕事の時間を判断するのは難しいです。それに、ただお母さんが「テーブルを拭いてね」と声をかけるだけでは、言われないとできない子になります。最初は声掛けでも、そこに一工夫が必要だと思います。いずれ時計を見て仕事の時間をわかってほしいなら、時間と一緒に「テーブルを拭く時間になった」と教えることが大事です。

設定した時間を時計の絵で示し、絵と時計が同じになったので「テーブルを拭く時間になった」と教える方法だと、時計が読めないころから使えます。あるいはタイマーの音を合図にする場合、鳴ったタイマーの横に絵カードや言葉で「テーブルを拭く」ということがわかるようになっていると良いと思います。

「今すぐしてね」より、「タイマーが鳴ったらしなくちゃいけない指令が出ているよ」とだけ告げて、タイマーの下に三人それぞれのお手伝いをカードで示して貼っておくと子どもたちは喜びます。

④「お手伝い」の方法を考える。

現時点で「出来ないこと」を前提に考えます。そして作業の方法は、強みと弱みを生かす方法を考えます。大地の場合、視覚情報に強い子ですが細かいところまでは見られません。出来れば触ってわかることが大事です。見本を見ながら作業するよりは、ここまでといった明確なしるしがある方が理解しやすいようです。

それでは次にそれを具体的にどうやっているか実践に沿って説明していきます。

お手伝いに際して気をつけていること〈実践編〉

拭き掃除

例えば拭き掃除の場合ですが、この作業はどこから始めたのか、どこまで拭き終ったのかがわかりません。私は最初、ビニールテープで手順がわかるように矢印を付けたり、ブロックに仕切ったりしてみましたが見栄えが悪くて失敗でした。次に、水性のクレヨンやお風呂用の石鹸で出来たクレヨンでテーブルに矢印を書きました。迷路のように線をたどっていけばきれいに拭けるようにしました。

慣れるまでは横から声掛けをするとよいかもしれません。水性のクレヨンや、ガラスなどのツルツルしたところにも描けて水拭きで簡単に落とせるクレヨンなど、今はクレヨンにもいろいろあります。ガラスやテーブルやフロア。思い切り体を伸ばして落書きをするのは大人も楽しいですし、子どもたちもキャーキャー言いながら楽しんでいます。時にはそんな遊びの後でのお掃除もよいと思っています。しばらく続ければ大地も下の子も、線がなくても拭き掃除が出来るようになりました。

家でテーブル拭きを始めたので、学校の掃除の活動でも拭き掃除を積極的にさせてくれたようです。こうちゃんは、テーブルに水滴があるととても気になるそうです。そこで水滴をたくさん垂らして、水滴がなくなるように拭きなさいと教えたそうです。

動作や道具に目的や意味を設定することを大事に考えています。大地は「テーブルを拭いてね」で作業をすることが出来ます。でも、大地にとっては面倒な手順にしています（格好良く言えば構造化になりますが）。

布巾は決まった引き出しから出さないくてはいけません。それを濡らして絞ります。濡らした布巾は、きれいな布巾をいれる決まった籠に入れてテーブルに持っていきます。作業が終わると使用済みの籠に入れる必要があります。二つの籠を持って作業は終了したと報告するまでが流れです。ここまでしなくてもそれなりに出来るのですが、次のステップアップのために意図して面倒な手順を取らせています。どうしてもはしょって省略したくなることをあえてさせることに意味があると思っています。

それは、郵便受けから新聞を取ってくるだけの仕事もそうです。持ってきた新聞をテーブルの上に置いておけば、誰かがその新聞をすぐに読み始めます。それでも、あえて「今日の新聞」という箱に一回入れることが大事だと考えています。

玄関掃除・お風呂掃除

テーブルより難しかったのが玄関掃除でした。うまい方法がみつからず、隅から隅まで掃き出すことができるように、逆に見えるごみを用意しました。濡らして小さくちぎった新聞紙です。この新聞紙を玄関に撒きます。新聞紙を決った場所に集めれば、隅々まで掃き出せたことになります。なかなかうまく出来ずに、玄関掃除をしている様子をビデオに収めて悩んでいるときに近所のおばあさんが教えてくださいました。

拭き掃除や掃き掃除が出来るようになったので、似たような工夫をすればお風呂掃除も出来るようになりました。ただ作業内容が多いので、それらはすべて表にしました。

洗濯物をたたむ

大地のように手先が不器用な子でも、洗濯物くらいならちゃんとたためるようになります。写真や図を見ながらたためる子もいるようですが、大地には見るだけでは完成度が下がります。それで、さわって確認しながら作業でき、簡単な工程になるように工夫しました。

体が大きな大地にはA４サイズの厚紙を用意しました。体の小さな娘たちにはさらに小さめの厚紙を用意しました。２穴パンチで穴をあけて、持ち手になるように紐を通します。Tシャツを裏返しに置き、その上に台紙を置きます。台紙を囲むようにサイドの服を折り、裾を折り込み、最後にTシャツを返して、台紙の取っ手を引いて台紙を抜くとたたみ終わります。

これは簡単でよい方法なんですが、台紙はあまり凝ったものにしないほうがよいです。これは消耗品です。長持ちはしません。でも、上手くいくと「魔法の段ボール」と子どもたちの方で名前を付けて大変に気にいってしまいました。ぼろぼろになって取り換える際に、すっかりこだわりの一つになってしまって苦労しました。

こだわりがなくなれば、外出先でも同じサイズの雑誌や絵本でも代用して畳めるようになりました。あとからこの方法は支援学級などでも行っていることを知りました。支援学校ではラミネートで補強した台紙を使っているそうです。

①
A4
サイズの
厚紙に
パンチで穴をあけ
ひもを通す
これで
魔法の
ボード
完成！
②
Tシャツの上に
魔法のボードを
置く
③
そでを
おりこみ…
④
台紙の取っ手を抜けば
たたみおわり
取っ手がついていて
「とって」もべんり…なんて♪

キッチンの仕事

キッチンは危険がたくさんです。火を使ったり、刃物を使わせるのは勇気がいりますが、痛い思いや熱い思いをしないと本当に危険なことがわかりません。調理などは、数ではなく「一個でいいのできちんとやり遂げよう」と教えています。

偏食が多かった大地ですが、畑を起こし、肥料をまき、重たい苗を運び植える。毎日、水を上げたり、支柱を立てたり、お世話をした野菜たちにちゃんと愛情を持ってくれました。収穫した野菜たちを自分の手で調理すればさらに食物への思いが募ります。大切に育てた野菜を大事においしく食べようと教えました。苦手だった葉野菜。生で食べる野菜。歯ごたえのある野菜も何でも食べるようになりました。苦手なものでも食べられる工夫をするようになりました。

調理はいろいろな感覚のトレーニングになります。それに細かい作業、道具を使うことのトレーニングにもなります。レタスを手でちぎったり、ハンバーグや餃子のネタを手でこねたり、ハサミでハムや海苔を切らせたりします。豆苗やニラをハサミで切る仕事は床屋さんになった気分になるそうです。皮をむく目的だと上手に使えないピーラーもサラダや鍋の材料用に「なが〜くなが〜くリボンにしてね」といえば、大根、ニンジン、キュウりなどを上手に切ることが出来ます。

料理の良いところは、これがコーピングになったり、良い刺激の入力になったりするところです。少し不穏、多動気味で落ち着きがない、緊張しているときに改善のきっかけになることがあります。楽しいのが一番だと私は考えています。

親が準備しておくこと

お手伝いをする子どもが戸惑わないような準備を、親がきちんとすることが必要だと思います。たたんだ洗濯物はどうするのか。我が家は、すべてをカゴで分類します。たたんだものは決まった籠に入れる。籠を決った場所へ運ぶのがルールです。一番小さい娘が家族の部屋の前まで運びます。バスタオルとタオルは大地が引き出しに片づける係です。

料理も同じです。生ごみはどこに捨てるのか、切った食材はどこに入れるのか。終わったらどうするのか。見切り発進はしません。必ずきちんと決めて、私の方で作業の指示を出すようにしています。大地の場合、一回大きな失敗をしてしまうと次は失敗したことを思い出してなかなかやろうという気持ちになれません。だからと言って失敗しない単純作業ばかりでは面白くないようです。大きな期待をせずに、最後まで諦めずにできたらよし。

形をそろえられたらよし。皮に穴が開いても兄妹三人で餃子が百個包めたらよし。じゃがいもの芽がそのままでもカレーライスになればよし。びしょびしょでは困りますが、多少きちんと雑巾が絞れなくても、隅から隅まで雑巾かけが出来ればよし。目的を見誤らないように気を付けています。

ルールや手順を明確にする

作業の工程や手順はすべて紙に書きだしておきます。料理や掃除は順番が変わったところで大きな違いはありませんが、「それでもいいよ。大体で…」というのが一番困る原因になるようです。

私は写真やイラストを入れながら、子どもたちと一緒に手順書を作ります。出来上がった物はラミネートしておけば何度でも汚さずに繰り返し使えます。そして、時には前日に「予行練習」などと言って、折り紙などで手順の確認をします。

サンドイッチやカレーライスは手順が歌になっているものもあります。大地の場合だと、一度覚えた手順はよほどのことがない限り変えることはしません。家でしていることが学校やほかの場所で同じであることはまずありません。

手順だけでなく材料や道具も違うでしょう。作業の条件も違うことでしょう。でも、手順通りに一つずつ作業をこなしていくことが大事なんだと私は考えています。

作業開始と終了の報告

これは栗林先生に言われて気を付けていることです。「これから始めます」「終わりました」と報告をきちんとさせています。それに対して私は「ありがとう」とは言わないようにしています。「ごくろうさま」「おつかれさまでした」と返すようにしています。世の中には「ありがとう」と言われる仕事もたくさんありますが、「ママのためにしてやっている」「やらされている」という思いを起こさせたくないのです。

それでも、時々兄妹の間で「林檎の仕事をしてやったんだからな！　ありがとうぐらい言えよ」と揉めることもあるのですが…それぞれが役割を果たすことで家庭が成り立つことをわかる日が来ると良いと思っています。それが、大人になって社会に出た時に役に立つ日が来るでしょう。

お買い物・金銭管理

子どもたちが大好きな仕事に「おかいもの」があります。大地は計算は出来ます。年齢相応の計算力です。単純な買い物は計算できるはずなんです。それでも、おかしなことを言う子でした。

例えば五百円玉を持って買い物に行き、２４８円の物を買ってきます。お釣りを出した大地は「こんなにお金をくれたよ。儲けたね」と言うんです。大地の中では硬貨を一枚しか持っていかなかったのに、買い物したことで硬貨が増えたと思ったようです。数字の概念とお金の概念は別物だったのです。

買い物ごっこやおもちゃのお金を使った計算で練習をしてきたのですが、なかなかお金の概念を覚えることが出来ませんでした。そこで実際にお給料を渡し、お金を管理し、それを使ってほしいものを買うことで覚えていくことにしました。そこから、生活の中の買い物に結び付けていきました。

買い物は、大地だけではなく、下の娘たちも大好きな仕事です。就園前の子どもには計算は難しいですが、それでも簡単な買い物を楽しめる方法はあります。

今年長さんの苺には、少し親の方でアドバイスをすることでほしいものを探して買い物ができます。たとえば、百円で好きなおやつを買ってもいいことにします。苺には「数字が二つだけの物なら買えるよ。好きなものを探しておいで」と教えます。

それぞれがわかる範囲で買い物ができるようになれば、三人で夕ご飯の買い物くらいは出来るようになります。私はスーパーの地図を作ります。番号を付け、どの売り場で何を買ってくるのか、広告からそれはいくらなのかを子どもたちと一緒に書き込みます。ここからは三人の仕事で、誰がどの順番でどこで何を買ってくるのか担当を決めます。そうすれば、必要なものを必要な数だけ予定通りの予算で買い物することが出来ます。

我が家の子どもたちは、わが家流レシピを見ながら簡単な料理が出来ます。そこに書かれた材料を冷蔵庫の中身と照らし合わせ、買い足す材料を書きだし、自分たちで買い物できるようになりました。そして、買ってきたもので料理が出来るところまできました。

計算が出来なくても、数の概念、お金の概念がわからなくても、買い物を経験することが出来ます。買い物に持っていったお金。買い物で使ったお金。お釣り。レシートを見ながら、品物と財布の中のお金を比べながらおさらいすることで、買い物の振り返りが出来ます。この振り返りはとても大事なので、買い物が出来たから終わりなのではなく、できればレシートを見ながら買い物の報告が出来るようになればいいと考えて現在も取り組んでいます。

私が考える体つくり

私の仕事の分野は医療なので、療育や教育には詳しくありません。世の中には療育に詳しい親御さんがいますが、私は普通の子育てをしています。ですから、大地に行うトレーニングは私の自己流です。

赤ちゃんのときに出来なかったことを今からやる

基本はやはり医学的に考えます。まず大事にしていることは成長過程で習得すべき動きを取り入れるということです。

生まれたばかりの赤ちゃんはやがて首が座り、色んなものを見るようになります。そして、寝返りをし、背這い、ズリ這い、ハイハイなどをしながら色んなものに興味を持ち始めます。その子によってはお座りが上手になり、おしりで移動する子もいます。気になった物は手を伸ばしひっくり返りながらも掴み、口に入れて確認。それが終わると振ってみたり、床にたたきつけて音や振動を楽しんだりするものです。そして、つかまり立ちをし、よちよちと歩き始めるのが自然な発達です。

この流れには成長していく上で大きな意味があります。無駄な過程は何一つありません。ここで習得した動きが、今後生きていくうえで、あるいはスポーツをする際に大きく関わってきます。

ところが大地はこの過程をだいぶ省略してしまっています。まずは、寝返りはしましたが、うつ伏せになることを嫌がりました。腹這い、背這い、ハイハイもせずにつかまり立ちをしました。首が座ると座位の姿勢を好み、いつもカンガルー抱きの姿勢でいました。大地の体幹の弱さはここに大きな原因があると考えています。就学したころは、仰向けに寝て膝を立てた姿勢でおしりを高く上げることが出来ませんでした。腕の力も極端にありませんでした。

それで赤ちゃんの時にしなかった動きを今させることを基盤に、プログラムを組んでいきます。

ハイハイで移動する。腹這いで進む。腹這いで背中を逸らせて遊ぶ。などと、「赤ちゃんの動き」をヒントにすればいろいろと皆さんも浮かんでくると思います。

小さなときに出来なかったことを今からやる

まず、発達過程で必要な遊びをさせることを大事にしています。過敏性が強いことで幼少期に出来なかった遊びが大地にはたくさんあります。砂遊び、水遊び、泥んこ遊びなどがそうです。幼少期には大事な感覚遊びですが手触りが嫌なのか全くしませんでした。

また、裸足が嫌いだったのでいつも靴下を履いていた子でした。下の娘たちは、芝生や砂浜では靴を脱ぎ裸足で砂に埋まる感じや芝生のひんやりした感触を感じながら走り回るのですが、大地はいまだに抵抗があるようです。それで実験という名目でいろんなことを比べてもらいます。あるいは表現というテーマで遊んでみます。言葉遊びは好きな子なので、感じたことを言葉で、ときには表情で、時には感嘆文で表現させます。目的があると面白がって取り組むところがあります。

お手伝いの中に体つくりを取り入れる

そういう遊びをお手伝いの中に取り入れるのも面白い試みです。うどんにする前の粉に手を入れさせたり、バターとグラニュー糖を手で混ぜるのも楽しくできます。泡だて器と箸、スプーンなど道具が変わると混ぜる感じやその時に聞こえる音も違います。こねたり、のばしたり、つぶしたりとお料理には感覚遊びがたくさんできるお手伝いがあります。

そして少し気をつけてていねいに作業すると、お掃除や洗濯にも大人の私たちにも楽しい発見がたくさんあります。お絵かきを画用紙ではなく大きな模造紙で、出来ればクレヨンではなく絵の具で、思い切って筆ではなく指でフィンガーペイント。絵の具の感触と色んな色で思い通りに表現することは楽しい遊びでよいトレーニングになります。出来れば後片付けが大変なので外ですることをお勧めします。

危ないことも避けない

遊びやトレーニングのとき、危ないと思うこともさせることが大事だと考えています。火を使うことや、刃物を使うことだけに限りません。高いところから飛び降りてみる。逆に高いところを目指して登ってみる。高いところからぶら下がってみる。細い橋を渡ってみる。揺れる乗り物にまたがってみる。こういうことも失敗して小さな怪我しながら経験していく遊びなのでしょうが、大地は怖がりで平均台に上ることも、滑り台の上に上がることもしませんでした。不安定な場所でバランスをとったりすることがなかったので、常にバランスの悪い動きをする子です。立ったままで靴やズボンのはけない子でした。

こねたり のばしたり
つぶしたり…
お料理には
感覚遊びがいっぱい

道具が変わると
混ぜた感じも変わる

思い切って 筆ではなく
フィンガーペイントで!

基礎を見る大切さ

基礎運動と基本生活動作の原理原則に基づいて姿勢の訂正をすることをつねに心がけています。

ものすごく難しい表現ですが簡単な例をあげると、椅子から立ち上がる際に人は頭を前に下げて前方に体重移動するのが基本です。大地の場合それがうまく出来ないので、おかしなポジショニングでおかしな体重移動から立ち上がりの動作になります。あるいは立位から椅子に座る際にも、頭を下げてからおしりを座面に下すのが正しい動きですが、そのままおしりから投げ出すようにドスンと座ることも多いのです。

他にも、歩く、走る、投げる、蹴る、など挙げればきりがないですが、私はビデオにとってほかの子と比較してみるようにしています。一度では気付かないことも繰り返し見ることで問題点を見つけることができます。これらを修正し、定着させるのは容易なことではないです。私はリズム遊びの中にこうした動きを取り入れます。

体つくりの基本はここから始めます。訓練と言うよりは遊びや生活の中で取り入れています。

立ち姿勢。座位の姿勢

体の中心がどこにあるのかが大事に思います。中心がずれている大地は片足で立てませんでした。座っているときの骨盤の位置。動画や画像にしてみると細かなところまで見えてきます。

基本的な動作から遊びに取り入れます。片足を腿挙げして手を翼のように開いた鳥のポーズ。足を横に開脚した案山子のポーズ。さらに後ろに引いて浅田真央ちゃんのポーズ。「やってみて！」と声をかけ、様々なポーズでバランスを取る練習をします。

椅子にきちんと座っているためには、背筋を伸ばすだけでは子どもは辛いだけです。背筋を伸ばすためには足の位置がどこになくてはならないのか。足首は？　膝関節は？　骨盤は？　座位での中心はどこになくてはいけないのか。どの筋肉を使うのか？　姿勢が崩れるきっかけは何か。どこから崩れるのか。こういった細かいところをかたっぱしから評価していくのが私流です。

かかしのポーズ
鳥のポーズ
真央ちゃんのポーズ

フツーの子は
座るときに
頭を下げるけど

大地はおしりから
投げだすように
ストンと座る

次に先生たちに頂いた課題です。栗林先生に大地を見ていただいたころ、何かの時に足の指を物をつかんでいるように屈曲させていることを指摘されました。青竹踏みと足先の

マッサージを勧められたので今でも時々、気がついたときにするようにしています。

岩永先生からは正中線を超えた動きが獲得出来ていない。と指摘をされました。そのためボールを投げる。蹴る。打つ。走る。などの運動が出来ないのだと教えていただきました。これについてのメニューは栗林先生、本山先生、発達支援センターの先生に組んでいただきました。トレーニングとなると私も大地も長続きしないので、出来るだけお手伝いや遊びの中に取り入れました。

体重の移動

引っ張る、押す、投げるなどの動作の際には、体を正面に向けて足を開いて行うのが普

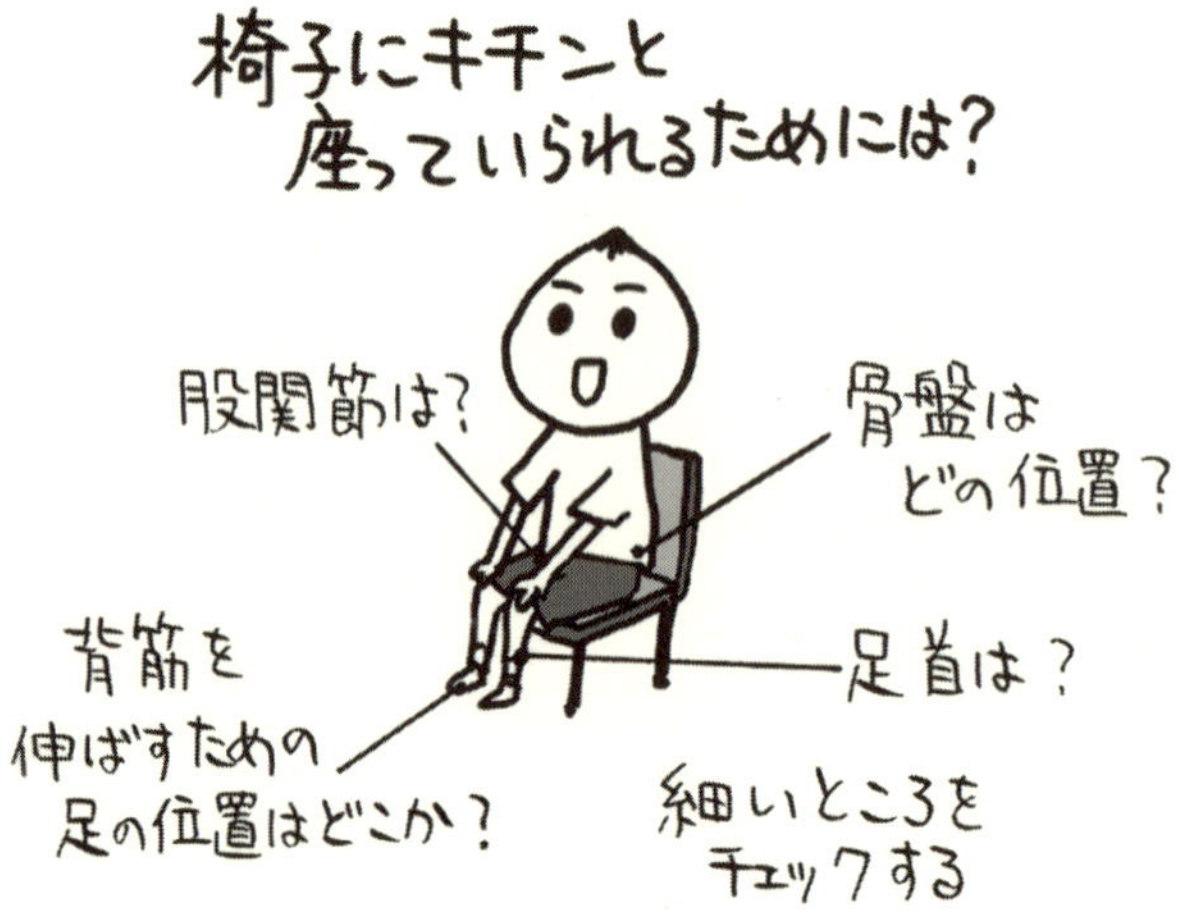
椅子にキチンと
座っていられるためには？
股関節は？
骨盤は
どの位置？
足首は？
背筋を
伸ばすための
足の位置はどこか？
細いところを
チェックする

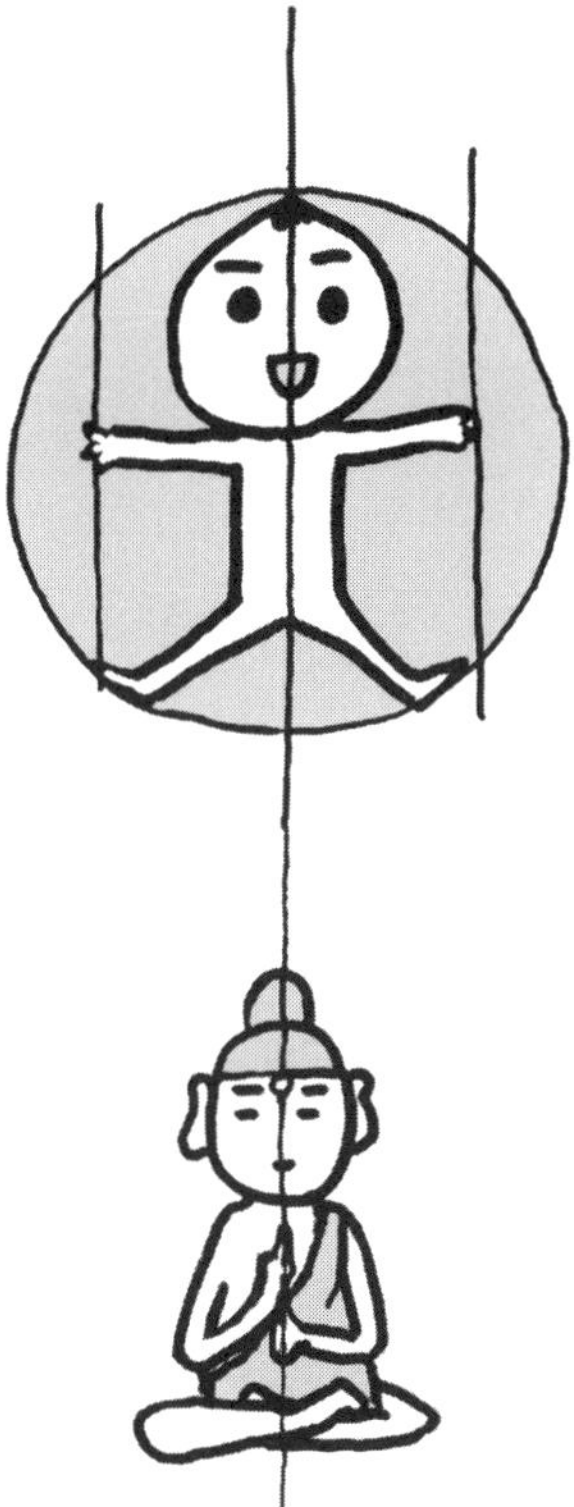

正中線を
超えた動きが
獲得できて
ない

ちなみに
仏像の手の位置
などを見ると
正中線を
キチンと守っている

通です。けれども大地の場合、踏み込みの動作が出来ないので、体が横に開いてしまい、姿勢が維持できずしかも体重が乗せられないという問題が見られました。

ボールを投げると足がそろってしまうため、体重が上に向かって移動してしまいます。結果的にボールは前に飛ばずに真上に上がります。以前と比べると体重を前足にのせるようになってきましたが、まだまだ前方斜め前といところでしょうか。それでもキャッチボールや綱引きなどが出来るようになりました。本山先生の指導で前足の股関節を柔らかくし体重が前に乗るような動きを遊びの中に取り入れてもらいましたし、家でのお手伝いでも雪かきやモップなどの作業から踏み込む動きを取り入れました。

出来るようになることが目標ではない

出来ない動作や運動が出来るようになることを目標にしないことが大切だと考えています。

自転車に乗れないからと言って、補助輪を取って自転車に乗れることを目標にしません。なので自転車に乗せて後ろから支えて、ひたすら自転車に乗る練習をするといったことはしません。大地がなぜ自転車に乗れないのか…その問題点探しから始めます。

とは言っても私は専門家ではないので、それを見極める目も知識もありません。ですからひたすら観察します。自転車に乗る姿もですが、普段の生活の何気ない動作や行動もひたすらビデオに収めてお友だちや下の子たちと比較します。何十回、何百回も見比べてその違いを見つけます。

たとえば、自転車のような不安定で自分でバランスを取る必要のあるものに乗って、バランスを取ることが難しいことがビデオからわかりました。肩幅に足を開かせて、横から後ろから前から軽く押してみると大地は踏ん張れずにすぐにバランスが崩れて体が流れ足も動きます。ここから、バランスを取るためのトレーニングを組みます。

腰でバランスをとれないと自転車には乗れません。体の小さなころは私の膝に座らせて、バスごっこやロデオ遊びから始めました。左右前後に揺らして歌なども歌いながら遊んでやります。最近は体が大きくなり、とても抱っこして遊んでやれなくなりました。少し恥

棒状に丸めた
タオルケット、ウレタン棒、麺棒の上に
まな板を置き
その上で体重移動をする

ずかしいことを覚えたので、大地自身も嫌がります。今は、あえて不安定な場所に立つ。あるいは座って何かをする。そんなトレーニングを組んでいます。フロアの上でする遊びをバランスボールだったり、トランポリンやウレタンマットの上だったり、そんな場所で取り組ませたりします。

トレーニングを遊びにする

大地の立ち姿勢は、大きく足を開き骨盤を後ろに倒して恥骨を突き出すような姿勢です。そして、顎が前に出ます。これが疲れてくると体側が歪み左に体重が乗ります。自転車は腰でバランスを取るために前に骨盤を倒し、やや前傾姿勢がベストです。大地のようにそっくり返った姿勢ではバランスがとりにくいのです。

大地の場合、床に足を延ばして座らせると、腰が引け、背中を丸めた前屈姿勢で座ります。体育座りをさせると、最初の頃は横に転がってしまいできませんでした。それでは自転車もブランコもこげるわけがありません。

そこで始めたのが、足を投げ出して座った体制からおしりを左右交互に挙げて浮かす。背中を伸ばすために腰から姿勢を整える。そのままの姿勢で膝関節の屈曲。タオルやゴムバンドを足底にかけての屈曲運動です。

このまま体育やリハビリのようにしたのでは、子どもにはストレスになります。いかに遊びにするのかが大事です。時にはふざけて笑いながら、歌ったり、踊ったり、リズムを付けたり、ごっこ遊びにしたりトレーニングも遊びに展開させると子どもの方から「またやろうよ」という気持ちになってくれます。

こういったトレーニングはすぐには結果が出ませんし、トレーニング自体ができないことも多々あります。大事なのはひっくり返ったり、転びながらもその動きをしよう。この筋肉に力が入った。そういうことの積み重ねだと思いながら続けています。

バランス感覚を養う

大地のバランスの悪さ、体幹の弱さは他の運動にも大きく影響してきます。特にスキーは大変でした。ボディイメージに欠如があるので、スキーの装備を身に着けると立つこともできませんでした。靴を履いてしまえば、自分の足がどこにあるのかさえわからなくなる始末でした。少しずついろんなことをしましたが、スキー歴四年でもいまだに自分の体がどうなっているのかはわからないそうです。わからないなりに友だちに遅れずにスキー

足を投げ出して
座ったカタチから
おしりで歩く

膝のうしろの場合
伸
屈

足裏の場合
伸
屈

は滑れるようになりました。

スキーで大事なのは太ももの使い方と膝のクッション運動です。大腿内側に力が全く入らない子でしたので、足の間にボールを挟んでつぶす運動。足の大腿部にゴムバンドを一巻きし、膝を開く運動をしました。無意識に大腿内側と外側に力を入れることが出来なかったので、棒状に丸めたタオルケット、ウレタンの棒、麺棒などの上にまな板を置き、その上に立って体重移動を大腿部の筋肉の使い方で実感できるような試みをしました。また、様々な作業において大事な腰を割るという動きが全く保持が出来なかったので、運動の中に腰割を取り入れてみました。腰割を取り入れたことで膝の使い方がよくなり、歩行姿勢や足の運びが変わりました。立ち姿勢まで変わっていきました。「ボーゲンでゲレンデを滑り降りてきたい」という大きな目標を大地自身が掲げてましたが、親としては「今年は無理でしょう…」と思っていました。しかし、ちゃんと目標を達成させてリフトに乗り、下までボーゲンで滑り降りてきました。

左右をバランスよく使う

また、大地は手足の協調運動、リズムのある動き、これが本当に苦手です。行進もできなかったので、自転車のペダルをこぐことが出来ませんでした。右足を踏ん張った後、次に左足を踏み込むことが出来ないので、半周逆回転でまた右足で踏み込みます。補助輪付自転車ならこれでも自転車は動きますが、こういった漕ぎ方ではかえってバランスをとることが出来ません。

そこで、左右の足を交互に踏み込む遊びを色々と試しました。丸椅子にまたがって座り、最初は手芸屋さんに売っている押すと鳴る笛を足元に置き、歌に合わせて交互に踏ませました。次はステップアップで足ふみポンプを置き、空気の出口に笛を付けて同じように交互に歌に合わせてリズミカルに踏ませました。こういった訓練でわかる新しい発見があり

きゃっほ〜
るるるる
「鳴き笛」という足踏みポンプで
自転車の動きを
シミュレーションする

ました。踏み込む足の左右差です。力の入れ方が圧倒的に右が強く、左足は踏ん張れないからか膝が開くような様子が見られました。こういう問題が見つかれば、新たなメニューが浮かぶので、私はすぐに遊びや生活の中に取り込ませます。この時は、長座布団を足ふみでいっしょに洗ったり、缶ぽっくりで遊んだりしました。

使っていない筋肉を活性化する

最近頑張って取り入れているのが、様々の動きを連続して行うこと。例えばボールを受け取り、ステップの後にボールを投げる。助走して踏み切ってそして飛ぶ。こういった流れのある連続した動きの展開です。あとは体の筋肉を意識した動きが出来るようにストレッチです。普段からポジションが悪いので筋肉の使い方、あるいは使っている筋肉が他の子と違うように思います。

大地も生まれて九年たちました。この筋肉の使い方の悪さが、ありとあらゆる場面で支障をきたしている様に思います。普段使っていない筋肉は九年の間に衰えているはず。眠っている筋肉があるはずです。そこで、ストレッチでいろんな筋肉に刺激を与えようと考えました。とにかくゆっくりマッタリ伸ばす。とても体が硬い大地ですが、筋肉に負荷がかかっていることがよくわからない子です。できるだけ一緒に「ここの筋肉を伸ばす。痛いくらいに伸ばす」と実際に手を添えて教えながら取り組みます。タオルなどの小道具も使っています。ストレッチやタオル体操の本は書店に行くといろいろあるのでそれを参考にしています。

「不器用だから」と諦めなくてはいけないの？

ここまでは大きな体の動きを色々と書きましたが、体の中の細かい動きにもほかの子と違う面が多々あります。栗林先生に言われたことで、「今のままでは『不器用だから』という理由で大地はたくさんのことを諦めることになる」というのがあります。不器用な子だとは思っていましたが親としてはショックでした。細かい動きの不器用さは、低学年では目立ちません。しかし、他の子どもが成長とともに習得できるものが大地が同じようにできるようになるかというとそういうわけにはいきません。きちんとした診断は受けていませんが、発達性協調運動障害（developmental coordination disorder）と考えられる困難さがあります。

オイッチニ
サン シ

オイッチニ
サン シ

オイッチニ
サン シ

この問題は生活面だけでなく、学習面にも影響を出し、大地の自尊心を傷つけています。まずは目の動きです。動いているものを追いかける追視が苦手です。同時に自分に向かってくるボールがどの様な放物線を描いて向かってくるのかを予測して動くことが出来ません。キャッチボールなどでは顔にぶつかることが多いです。目の使い方も独特なようで、「字を書くときには鉛筆の先を見るの？　今、書いているところを見るの？　文字全体を見るの？」というような質問をしてきます。色んなことを試していますが、実際にどんな見え方をし、どんな目の使い方をしているのかまでは私にはわかりません。ただ、手本となるジグを壁に掲示するのか、作業している左側に置くのか、目の前に置くのかでも見え方が相当に違うようです。これについてはまだまだ検証中です。

細かい手指の訓練

手先の不器用さ。いわゆる微細運動と言われているものはお友だちとずいぶんと差が出てきました。手の動きの発達は、中心部から抹消へ発達します。手のひらがしっかり動いて握る、掴むといった動作になります。次が指の付け根の関節。その次の関節最後の指の先の関節と発達し、つまむ、はじく、ひっかくような動作になります。

大地の場合、手のひらを使わずに、指の先の方だけで摘んだり握るような様子があります。それでは、鉄棒や縄跳びは出来ません。箸が上手に使えないだけでなく、茶碗を持つ手も手のひらを使わないので、親指は働かずに人差し指、中指、薬指の指先だけを使った持ち方をします。また、自転車に乗っても十分にブレーキがかけられず、電柱に体当たりということもありました。

体の末梢の足と手はよくマッサージをします。中枢に近い関節の周りの筋肉を一つ一つマッサージして緊張をとき、そして関節一つ一つの可動域を確認しながら動かしていきます。上肢なら肩関節、肘関節、手首の関節、そして指先へ。これをしたかしないかでは、この後に続けてする遊びや作業の完成度が大きく違います。

手先を動かすには手遊びが一番だと思います。車での移動中や病院での待ち時間でも出来ます。道具を使わず、楽しくて、歌があり、リズムのある動きはよい発達を促すそうです。私は幼少期から積極的に取り入れてきました。あとはお手伝いがよいと思っています。でも、それだけではなく、目的をはっきりさせて「療育」としてしっかり取り組んでいるものもあります。支援学校でするような、醤油入れやネジを締めるといったこと。運筆や迷路。押しピン刺しにアクアビーズやアイロンビーズ。飽きないように、そして達成感が味わえるように手を変え、品を変えて、あんまり拘らずに編み物や消しゴムハンコつくり。布草履を編む。親子で楽しいのが一番です。小さな積み重ねが、ボタンが留められること、蝶々結びが出来ること、完成度は低いですが微細な動きや作業ができることにつながっていきます。

机上や作業、手遊びでも習得できるのかもしれませんが、微細運動は体全身で理解できないと、いくら指先に神経や感覚が行き届いてもそれが運動には結びつかないと感じています。円を書くために、机に向かって指先や鉛筆でいくら円を書く練習をしても体にしみこまないと思っています。

我が家で取り入れているのは、小林芳文先生がアメリカから学んできた「ムーブメント」です。ムーブメントは栗林先生が一生懸命広く伝達している療育方法でもあります。毎月通うのは大変ですが、月一回の療育に通えるように努力しています。ムーブメントは、簡単な動きや遊びの中で「身体を意識する」ことを大切にしているように思います。そして療育そのものは流動的で縛りがなく、その時の子どもたちの雰囲気や反応を見ながら展開されていきます。

ムーブメントに通い、家でも取り入れて思うことは、「体を動かす」ということは、単に運動が出来るようになるとか、体力をつけるといったことではないということです。まちがいなく、認知の発達や情緒の発達を促し、こういった活動が社会性を育ててくれるということです。もちろん、即効性はありません。長い経過を見ながらの判断です。でも、少なくとも幼少期に獲得すべきだった運動面の発達の遅れを取り戻し、体・脳・心を育てるのが「体つくり」なんだと確信しながら子育てしています。

努力しても追いつかないときには

色々なことを取り入れて、私も大地も精一杯努力をしても習得できないことや追いつかないことがあると考えています。いま、一番に問題なのがワーキングメモリの問題、そして筆記作業です。予測していたので、早期からＩＣＴ（Information and Communication Technology　情報通信技術）を取り入れて生活支援の柱にしています。今後は学習支援にもどんどん利用していきたいと、学校、家庭、大地本人が協力しながら取り組もうと準備しているところです。

私個人的には、大地の弱いところをこれらで補いたい、代替として利用したいとお願いするつもりはありません。ＩＣＴが大地の能力を発揮させるために必要なんだとお願いしていこうと思っています。能力を生かす、あるいは高めるための技術は大変な勢いで発展するだろうと思っています。

アナログな療育はもちろんですが、デジタルな社会に対応していくことも大事。そして大地が自分の持てる力を発揮するには必要なものだと思っています。ＰＣやiPhoneにiPad。どれも安いものではないですが、たとえ今は必要なくても、将来は必ず必要になるだろうと考えています。

情報機器を上手に利用する

携帯電話とiPhone

僕が一年生になるときに、父が携帯電話を買ってくれました。僕が最初に通った小学校はバス通学だったからです。それはキッズ携帯というものでした。そして、お話が出来るのは父と母だけに設定してありました。メールも父と母だけで、ネットは使えませんでした。ＧＰＳ機能を利用するためにいつも持って歩くように言われました。

僕は電話機能があっても、電話でお話をするのは今でも難しいです。だからメールとＧＰＳばかり使っていました。

最初の携帯は、夏休みが終わる頃には壊れてしまいました。それで新しいキッズ携帯にしました。その頃は、今の小学校に転校してきました。新しい街に慣れるために地図が見れるように、キッズ制限をかけたネットを使えるようにしてもらいました。それから、おひさま学級に通うようになったので、学校の先生たちと連絡が取りあえるように、大人と同じ携帯になりました。携帯電話を使うにはルールがありました。その頃のメモには…

①　電話は緊急時に使う。
②　先生たちへの電話は許可が出てから。
③　メールを出したからと言って、すぐに返事は帰ってこない。
④　ネットはキッズサイトだけ。

この四つがルールでした。携帯電話は僕の大事な相棒でした。メモ機能と写真はいつもデータがパンクしそうでした。書くのは苦手でも、携帯の中に入力するのは得意ですから、忘れちゃいけないことは何でもメモをしていました。

二年生になって、またまた携帯が壊れました。いつも首から下げているので、汗が入って壊れることがほとんどでした。それで、水に強い母のお下がり携帯に交換しました。メモや写真も僕を助けてくれましたが、僕は自立登校するようになってからは、動けなくなったときに救助をお願いするときに使いました。その時の携帯電話には、ＧＰＳ機能はないやつでしたから。僕は自分でどこにいるのかを言えないといけませんでした。

最初は、雨や雪が降ると自分がどこにいるのかがわからなくなっていましたから。本山先生に「助けに行くからな。今どこにいるんだ？」と言われても、どこにいるのかが全く分かりませんでした。「何が見える？」と聞かれて「雪が見えます」って答えたら本山先生に「それだけじゃ迎えに行けないよ」と言われちゃったこともありました。

それからは、困ったら写メールを送ることにしました。みんなには信じられない話かもしれないけれど、僕には周りの景気は見えていないので適当に撮っていました。後で写真を見せてもらうと空しか映っていなかったり、電柱だけだったりで、ひどい写真でした。今は、登校途中で動けなくなることはないし、困っても前よりはいろんなものが見えているので自分でいろんなことが言えるようになっているのでそんな失敗はないです。

そのうちに、ＤＲＯＰＳがiPhoneのアプリを出すことに決まったというニュースが出たので、出る前に携帯電話からiPhoneに変えました。iPhoneになって、僕の携帯生活は大きく変わりました。

僕のiPhone活用法

浅見さんは「大地にとってiPhoneは外付け脳みそだね」と言いました。本当にその通りです。僕は結構、忘れっぽい。覚えられない。先のことが気になる。とかの特徴がありますけど、それをカバーするのには、いろんな道具を使ってきました。それがiPhoneひとつで済むようになりました。

電話機能

今も電話を掛けられる相手は制限されています。父と母。四月からは一年生になった妹。栗林先生。本山先生。弓代さん。S先生。それから、一年生の時に兄弟学級で担当してくれたお兄ちゃんだけです。今も電話は苦手なので、めったには使いません。

メール機能

メールはＰＣを使うことが多いです。

メモ機能

メモ機能は入力メモとボイスメモの二種類があります。ボイスメモは簡単にいろんなことを言えば録音されるので便利ですけど、僕には合っていませんでした。まず、僕が用件だけ話せればいいけど、まとめてわかりやすく話せないので聞いてみてもわかりにくいでした。先生や母に話してもらったこともあったけど、目も口もないのに声だけ聞いて、それをまた文字にするのは大変難しい作業でした。だからなるべくメモに入力するようにしています。他には、手書きで出来るメモ機能があります。それも活用しています。

写真

黒板やポスターなどは写真に残しておくと便利です。スケジュール帳から写真機能を使えば、いつどこで撮ったのかがわかります。あと、もう一度ちゃんと読んだ方がいい時にはアラームが設定できる機能があります。それで、行きたいイベントや調べたいことを整理しておくことが出来ます。スケジュール帳は女の子用の可愛いものから、ビジネス用、PCと連動しているものとかいろいろあるので好みのを見つけるといいと思います。僕には文字だけより、写真や地図が貼り付けられるものが便利です。

マップ

僕は小さい時から地図が大好きです。iPhoneの地図はワンポイントでそこの写真を引っ張り出してみることが出来ます。僕がドライブが苦手な理由の一つに、道路の不安があります。どこを通って移動するかが心配です。トイレやコンビニの場所も心配です。今はナビ機能があるので、どの道を通っているのか、どこに何があるのかがわかるので心配になることが無くなりました。車で出かけるのが辛くなくなったので、お出かけも前より行けるようになりました。

ブログやSNS

ブログやＳＮＳも母と浅見さんの二重管理の中で、前からの仲良しさんとだけ楽しんでいます。でも、僕のiPhoneやＰＣからはしてはいけないルールです。やりたいときには母の物を借りています。

学習機能のアプリ

漢字、計算、地図、歴史などの勉強が出来ます。ゲームみたいなものもあるし、テスト方式の物もあります。本当にいろんな物があるので何種類も持っています。

妹たちがする勉強も入れてあります。動物の鳴き声、名前。アルファベットの練習。動画で数や計算を覚える。指でなぞってひらがなを覚える。本当に色々です。お絵かきや塗り絵もできます。

絵カード

僕は絵カードはDROPSの絵が大好きでこればかり使ってきました。実はあんまり最近は人に対して使うことはないです。でも、自分の気持ち、相手の気持ちを考えるときには表情のカードが役に立ちます。それと妹たちがカードで約束事を思い出させてくれる時があります。

たすくスケジュール

少し前までは、これで一日の生活を管理していましたけど、四年生になって学校が終わる時間が遅くなったし、しっかり時間に縛られるととても大変なので最近はあまり使っていません。その代わりに別のアプリのアラーム機能やタイマーはよく使います。アラームやタイマーもいろんな種類があります。いくつか試して自分に合ったものがあるといいと思います。これで、クッキングタイマーを持って歩かなくてもよくなりました。

頭の中に言葉がたまった時

Smack talk や talking tom に話しかけます。ハムスターやねこが僕の話したことをおうむ返ししてくれます。誰にも迷惑にならないように自分の部屋で言いたいことをたくさん言います。「今日は疲れたな〜」とか「晩御飯はまだかな〜」とか「今日の俺って汗臭い」とかです。ブツブツと独り言にならないように気を付けています。頭が空っぽになれば、家族といる時や学校で、口から言葉があふれてくることを防げることがわかりました。

生活を管理するとき

前の僕は時間を決めてスケジュール管理していましたが、今はだいぶゆるい管理方法です。そうすることで、急な予定変更にもいろいろと考えられるように練習してきました。

それでたすくスケジュールは卒業です。今は項目しか決めていません。冷蔵庫に絵カードを貼って、それは6時までに終了すればいいグループと、寝る前に終わらせるグループに分けています。忘れちゃいけないことだけをアラーム設定しています。Kid's voice alarmが便利です。デジタル時計が残り時間を教えてくれます。アラームやボイスコールを設定できるのも便利です。あと、アラームを鳴らすタイミングを設定できます。出かける準備をするときにはよく使います。時計がマジでかいです。

To do stampはやることを忘れないために便利ですけど、見るのを忘れちゃうと気があります。でも、「面倒だな～やりたくないな～」と思っていることをやっと終わらせて、済スタンプを押すとすっきりします。これは期限つきの物、期限が長いものの時に便利です。

イライラしているとき

手を動かして解消できる時は、ぷちぷち気分でぷちぷちします。うまく説明が出来ないけどすっきりします。

辞書機能

気になった言葉や漢字。わからなかったことはすぐに辞書機能で調べます。

コーピングアプリ

一番はYouTubeです。これは何でも見られちゃうので便利です。花火を見るアプリ。メトロロームとかを眺めているのも楽しいです。気持ちよくなるヒーリング音楽を聴いてマッタリする時もあります。

iPod

忘れちゃいけないのが音楽が聴けること。大好きな徳永さんやつるのさん、ゆず、ミスチル、美空ひばりさん、の歌を聞くけれど、運動会や学芸会の音楽を先生にCD－ROMに落としてもらって取り込んでいます。これでいつでもイメージトレーニングです。動画やYouTubeが手軽に見られるので、イメージトレーニングや自分のトレーニングの様子を簡単に見直しできます。イメージトレーニングも簡単です。スキーやキャッチボールなどの練習にもずいぶんと活躍でした。

学校で活用する勇気は出てきませんが、普段はiPhoneがないと困ります。僕は自分のことが何もできなくなっちゃいますから。でも、iPhoneで管理していたものも方法が見つかって必要なくなったものもあります。ゲームもたくさんあるので、DSはないけど…iPhoneでゲームをします。その時は、ぐにゃぐにゃクッションやトランポリンの上に立ってしています。

iPhoneで原稿を書いたり、日記を書いたりしています。僕の頑張りが学校の授業に追いつかなくなった時、きっとノートが大変な時が来ると先生や母は予想しています。その時には、PCやiPadが学校で必要になるのかもしれません。それから、画像をメールで送れると字が読めない友だちにもメールできるので便利です。iPhoneやPCを使うにはルールがあるけれど、ルールさえ守ればどんどん活用していいことになっているので、ずっと仲良くしていきたいと思います。僕がiPhoneを使い始めたころより、アプリがものすごく増えました。スケジュール管理やアラーム機能にもっと子どもの僕たちにも使いやすくて、学校に持ち込んでも迷惑にならないものが増えると嬉しいです。

でも、iPhoneは衝撃や水にとっても弱いです。他の携帯よりも汗などで故障しやすくなっています。僕はもう二台目です。それと、首から下げて歩きにくいという問題があります。専用ストラップがありますが、ちょっと僕たちには落としそうで怖くて使えません。いつでも首から安全に下げることが出来たら、学校でも使いやすくなります。首から下げられるケースが出来たらいいな～と思っています。もし、開発者の人がこれを読んでいたら…ぜひ、裏も表もワンピースのイラストでお願いします。出来れば…黒とかのクールなデザインが好みです。夏は外遊びや車の中で使っていると暑くなりすぎちゃって、使いたいときに使えなくなることがあります。そういうことを改善してくれるともっと僕たちに使いやすい道具になります。

iPhoneをゲットしたことで、スヌーズレンがない外出中でもコーピングできるようになりました。長いドライブが平気になったし、お出かけに持っていくグッズが減りました。お話が苦手な僕でも、iPhoneで気持ちを伝えたり、自分の心や相手の心を想像できるようになりました。

僕にとってiPhoneがどんなに大事かを知っている栗林先生は、ちゃんと理由を付けてお願いすれば、たいていのことは許可をしてくれます。

こうちゃんとiPod Touch 

こうちゃんは言葉がなく、絵カードも入らないと言われていました。小学校五年生の時点で、視覚的支援どころか絵カードすら使用していない子でした。

単語が出始め、それが一語文三語文となり、改めて絵カードを作成してみるとマッチングが出来ることがわかりました。そこから、絵カードによるコミュニケーションやマッチング、ＰＥＣＳなどを始めました。と、同じくらいにiPodもこうちゃんに使えるのかを試してみました。

ナビゲーターは大地がしました。自分のiPhoneのdroptalkのアプリ。ライブラリのボタンを触って見せるところから始めてくれました。このソフトは、ボタンを押すと必ず音声で答えてくれます。それを一つ一つフィードバックしながらこうちゃんに見せた大地。こうちゃんは声を出して笑いながら乗ってきました。すぐに大地からiPhoneを取り、自分でボタンを押し始めました。なかなか最初はうまくボタンにタッチできず、どうしても電源ボタンを押して終了させてしまいました。その都度、キーキー言っては大地にアプリを呼び出してもらい、ボタンをしばらく押し続けました。droptalkのアプリは横スクロールですが、それはすぐに覚えたようです。しばらくすると、こうちゃんはiPhoneをお母さんのところに持っていき、「いたい」「歯」のシンボルマークを二つ教え、見せました。そのころ、こうちゃんは本当に歯が痛かったので、droptalkのライブラリでコミュニケーションがとれると確信し、iPod Touchを購入することに決まりました。

こうちゃんは、スケジュールすら知らない子でした。というか、わからないほど重度の子だと思われていたようです。見通しの立つ生活が出来るようにと、スケジュールを取り入れたころは「今」と「次」を認識するのがやっとでした。たすくスケジュールのアプリをすぐに理解し、このアプリを使って管理することを始めました。でも、今は大きなスケジュール確認にしか使っていないそうです。というのも、たすくスケジュールはいっぺんにたくさんの項目を見ることができません。縦にスクロールしてしまうと今が見えなくなってしまうという欠点があります。スケジュールを始めたころは二つの項目しか見えなかったこうちゃんは、今は五つくらいのことなら大丈夫なのだそうです。目で確認できる項目数を調整できるようにと今はカードでスケジュール管理しているそうです。それでも、学校に行く時間、プールに行く時間などの大きな項目は、iPod のたすくスケジュールがアラームで知らせてくれるので、こうちゃんは自分で iPod を開いて、何をする時間なのかを確認し、行動に移すそうです。

現在はスケジュール管理はカードですが、いずれは iPod に移行していくように学校と連携を取りながら準備しているそうです。

コミュニケーションは droptalk のアプリを使っているそうです。使い方は本来の方法ではないようです。こうちゃんは辞書のようなライブラリの中から、伝えたいカードを選んで一～四枚で伝えることができるそうです。iPod だけに頼らず、かならずこうちゃんには言葉を添えて伝える努力をするようにさせているそうです。そして、聞いた家族はそれをフィードバックして言葉で確認しているそうです。

iPod はコミュニケーションツールとしての道具だけではないそうです。こうちゃんはこれで勉強もしています。音絵本、ひらがなの書き取り、数字と具体物のマッチング、カード遊び、数の概念、順列などを iPod で学習しているそうです。

また、コーピンググッズにもなっています。一番のお気に入りはメトロノーム。目でリズムよく動いていることを確認したらそれを耳に当てます。「カチコチ」というリズムに合わせて体を横に揺らしてうっとりしています。リズムを楽しみ、音の入力をしているように思えます。

こうちゃんにとって、一番のお気に入りはYouTubeです。いつのまにか、自分の好きな動画を呼び出し、気に入った物はお気に入りに登録することを覚えてしまいました。

いま、こうちゃんはいつも手にiPodを持っています。こうちゃんにとっては大事な相棒のようです。こうちゃんと大地がお話しするときには、二人でコソコソと隅っこに行ってくっついて、言葉とdroptalkのアプリを使いながらお話しするようになりました。それは何とも不思議な光景で、親の私たちにはわからない方法で会話をしています。そして二人で同じタイミングでふふふと笑っているところを見ると、ちゃんと互いに伝わっているのだと思います。

三冊めの本のおわりに

この一年で僕は「障害があるということ」を一生懸命に考えました。障害者と健常者の違いも考えました。僕自身のこと。周囲の人たちのこと。いろいろです。僕は健常者としては完全じゃありません。でも、障害者としても完全ではないようでした。どっちの仲間にも入りにくいのです。僕はどっちの大人になるのか想像できませんでした。

そして、三年生の終わりに父と母と将来のことを話しました。まずは近い将来です。今の時点で僕は行ける中学校がありません。みんなが通う地域の中学校は支援学級に入ると高校受験が出来なくなります。そして、通常学級も見てきましたけど、僕はこの学校に三年間、通い続けて勉強する自信がありません。他にもいろいろな学校を見てきました。中学校のことを考えて、障害者となった自分のことを考えて、僕はいろいろと考えました。

僕は勉強はしたほうがいいと思います。それは、運動ではだめですから。でも、作業するのも得意ではありません。僕は少しでも多くのことを勉強した方がいいです。これが僕の強みになると思います。僕が中学校、高校、大学に行って、大好きなことを見つけて仕事するパターンがあっているように思います。できればやっぱり医者か教師になりたいです。困っている人を救える仕事がしたいです。それは、僕がたくさんの人に救ってもらったからです。その人たちは大学に行って専門的なことを勉強して、働くようになってからもずっと勉強を続けています。僕もそういう人になりたいと思います。それから、たくさんの人のために頑張るようになれたら嬉しいです。

でも、アスペルガーの人は、働いたり結婚したりすることは無理だ、別な病気になるから頑張ってはいけないという専門家がいました。でも、専門家の説明より、今、実際に頑張っている人たちからの話は「大事なことは僕の意思」であることを教えてくれました。失敗しても、途中で頑張れなくなっても、何度でも仕切りなおしてまた挑戦すればいいこと。諦めなければチャンスは必ずやってきて、いつか夢を実現できることを知りました。夢をかなえるために努力をすること、将来に希望を持つことは、障害者も健常者も関係がないようでした。それは本山先生が涙を流して教えてくれた「人として生きなさい」ということなんだと思います。

母は「障害者として色んな制度や福祉の人の力を借りて生きることも一つの生き方。健常者と一緒に自分のできることで社会のために役割を果たしていくのも一つの生き方。両方をうまく利用するのも間違っていない。決めるのは大地。これは大地の人生。ママは考えて自分で決められるだけのことは君に教えてきた。君の考えを聞いたうえで中学校を探します。時間はたっぷりあるのでよく考えてください」と言いました。

僕は決めました。僕には障害がありますが、僕は支援学校ではなくて中学校に行きたいと思います。そして、僕は遊びも勉強もみんなと同じことをしたいと思います。

もしかしたら、医者の言うように僕は病気になるかもしれません。そしたら、病気を治してやっぱり頑張れる人になりたいと思います。僕は怠け者なので、努力することを忘れるかもしれません。もしかしたら、頑張りたくないと思う時が来るかもしれません。その時は、夢を実現させるために頑張ることを教えてくれた藤家のお姉ちゃんや手紙やメールをくれた人たちのことを思い出して自分に気合を入れたいと思います。

僕は特別扱いも嫌だし、一人も嫌です。僕はみんなと一緒がいいです。みんなが頑張ることは、僕も同じように挑戦したいと思います。

僕は障害者ではなく、中田大地として自分の夢に向かって生きていこうと決めました。そのためには、福祉の世界ではなくて、みんながいる健常者がいっぱいの社会のほうがいいようです。

一年かけて決めたこと。僕はそろそろ「小学校の修行の仕上げ」に入ろうと思います。僕が本当に、工夫したり協力をお願いしたりして、交流で友達と一緒に勉強したり、遊んだり、生活をしていけるのかを自分で考察して結論を出そうと思います。

二年生の時に書いた「ぼく、アスペルガーかもしれない。」の本のレビューで、そらパパさんという人に、僕だけではなく大切な先生や両親を侮辱するようなことをネットに書き込まれました。僕は先生や両親に嘘を教えられたのかと、憎い気持ちが心に生まれました。誤解はすぐに溶けましたけど、嘘ばかりの話に僕は心がズタズタになりました。

僕は「生まれてこなければよかった」と思いました。僕が生まれてきて、生きていて、頑張ろうと思うことでたくさんの人が傷つけられる結果になりました。僕は我慢が出来ませんでした。僕は正々堂々と手紙を書きました。その時は相手にもされなかったようです。今もなお返事すら来ません。そして、両親はそのブログ記事を消してもらえるようにお願いしましたが、今もそのブログ記事はそのままにしてあります。それを読んだ人たちから、僕たち家族は非難されました。それは言われもないことです。そして、とてもここには書けないような酷いことをメールで送ってきた人もいます。

僕は「死にたい」と思ったこともありました。僕が生きていることがたくさんの人を傷つける。障害のある人が人としての修行をすると、こんなにも攻撃されるのかと僕はショックを受けました。でも僕の周りの大人は強かったです。僕がこれ以上に傷つけられることがないように対策を練ってくれました。そらパパさんとその一味からの攻撃は僕を悲しくて苦しい気持ちにしました。でも、苦境の時から僕は大事なことを学びました。今はそらパパさんに感謝しています。「そらパパにバカにされたままで終わりたくない」という気持ちが、僕を強くしました。僕はひとりで学校に通えるようになりました。そんなことは序の口です。僕は発達しました。自分でもわかるほどです。成長だけではないと思います。「負けたくない」という気持ちが僕を変えてくれました。

そして、先生たちが教えてくれた「大地は大地らしく」とか「人として」とか「自分の意志を貫く」という言葉の本当の意味をわかるきっかけになりました。

僕は思います。僕はパパとママの子どもでよかったです。そして、巡り会えた先生たちが栗林先生や本山先生だったことは幸せなことです。僕には障害があって、それは中途半端な障害で、大切なことを教えてくれる人たちがいなかったら、僕はきっと人として生きていなかったと思います。医者が言うように、何の努力もしないで、国からお金をもらって、一日中、ネットやゲームをして家に閉じこもる廃人になった恐れがあります。今頃は、学校に行っていなかったと思います。もしかしたら、自分で自分の命を放棄していたかもしれません。

僕は僕を大事にしてくれる人たちに感謝しようと思います。「ぼく、アスペルガーかもしれない。」を書いてから今までの間に「生きる力」とはどういうものなのかを、僕は両親や先生たちに教えてもらいました。ケンカをしたり、呼び出されて説教もされました。怒鳴られたり、ムギューして抱きしめられたり、僕の周りの大人たちはいつだって真剣勝負です。本当に大事なことは、先生たちは涙を流して教えてくれました。

僕たち障害のある子どもは、親や先生たちしだいで人間になるのか廃人になるのかが分かれてしまいます。僕の本を読んだ大人の皆さんは、子どもの夢を勝手に諦めたりはしないでください。友だちと違うと勝手に決めたりはしないでください。栗林先生は「ダメな子どもなんてどこにもいない」と言いました。母は「子どもはみんな明るい未来が待っている。希望を持つことは人を成長させる」と言いました。僕たち自閉症の子どもにも心があります。大人が真剣に伝えようとしているときはちゃんとわかります。そういうことは、顔が見えないメールでもオーラがちゃんと届くし、言葉がなくても涙や真剣な気迫は体中にビンビンと伝わってきます。愛されていても、諦められちゃったら…僕たちは何に向かって生きればいいですか？　障害があってもなくても、友達と同じがいいと僕は思います。人間の子どもですから。十年後は障害者も健常者と同じように成人するんです。

僕がこの一年でわかったこと。障害者も健常者も同じ人間だということです。他人は「違う」というかもしれません。「無理」というかもしれません。でも障害を理由に最初から諦めてしまうということは人間であることを放棄することです。父の言うように「障害者かもしれないけど人間だ」ということです。

この春、僕は四年生になりました。僕は将来の夢を描きました。僕は働く大人になります。僕は税金が納められる仕事がしたいです。そして、困っている人のために僕は頑張る人になります。ですから、ステップアップです。この一年でおひさま学級を卒業しようと思います。

四月の北海道はまだまだ寒いですけど、クロッカスや水仙の花が咲き始めました。一年生になった林檎と友だちと一緒に学校に行きます。一学期の目標は一日も休まないで学校に行くことです。どんな一年になるのか…僕は楽しみです。

浅見さんにだけ
報告します
僕は一学期は
一回も休まないで
自立登校をしました
おっ！
大地から
メール♪
僕はやっと
当り前のことが
一つだけ
出来るように
なりました
自慢できる
ことじゃないけどー
日馬富士《はるまふじ》が
ヨッシャー！！
…って笑ったように
僕は誇らしい気持が
少しだけあります
大地は
どんどん成長している
社会《みんな》の中で
生きる大人になるために

僕《ぼく》は、社会《みんな》の中で生《い》きる。

2011年11月15日　第一刷発行

〈著者〉
中田大地《なかただいち》

〈装画・マンガ〉
小暮満寿雄

〈デザイン〉
土屋 光

〈発行人〉
浅見淳子

〈発行所〉
株式会社花風社
〒106-0044 東京都港区東麻布 3-7-1-2F
Tel : 03-6230-2808　Fax : 03-6230-2858
E-mail : mail@kafusha.com　URL : http://www.kafusha.com

〈印刷・製本〉
新灯印刷株式会社

ISBN978-4-907725-82-2